DANIELLE STEEL

RENAISSANCE

PRESSES DE LA CITÉ

Titre original :

SPECIAL DELIVERY

Traduit par
Hélène SEYRÈS

ISBN : 978-2-266-11653-4

A Tom

Pour tous les moments heureux,
avec toute mon affection.

D. S.

1

Les pneus de la Ferrari rouge crissèrent en tournant le coin de la rue et Jack Watson vint se ranger sagement à la place qu'il se réservait devant sa boutique de Beverly Hills, Chez Julie. Vingt ans plus tôt, il l'avait ainsi baptisée en l'honneur de sa fille, alors âgée de neuf ans. A l'époque, il considérait l'ouverture de ce magasin comme une aventure plaisante, une occupation destinée à le distraire, après qu'il eut renoncé à la production de films. Il avait en effet produit sept ou huit films à petit budget, sans grand succès, et auparavant, au sortir de l'université, il avait passé six ans à tenter sa chance comme acteur. Sa carrière cinématographique avait été modeste, remplie d'espoirs et des habituelles promesses qui ne se concrétisent jamais comme prévu et se révèlent souvent décevantes. Toutefois, la chance avait tourné quand il s'était lancé dans le prêt-à-porter, grâce à l'aide inattendue d'un oncle qui lui avait légué un peu d'argent.

Sans effort apparent, il s'était soudain retrouvé à la tête de la boutique où toutes les femmes de Los Angeles rêvaient de s'habiller. Si, au début, son épouse l'avait guidé pour les achats, en moins de deux ans, il s'était rendu compte qu'il avait le don de choisir vêtements et accessoires, ainsi que celles qui les portaient. Les actrices et les femmes du monde, les mannequins et les femmes au foyer aisées de toute la ville rêvaient d'aller Chez Julie... et d'y rencontrer Jack Watson. Il appartenait à cette catégorie d'hommes qui n'ont aucun effort à fournir. Les clientes se précipitaient sur lui comme les abeilles sur le miel, et il leur rendait bien cette adoration.

Deux ans après l'inauguration de la boutique, nul, si ce n'est lui, n'avait été surpris de voir sa femme le quitter. Dix-huit années s'étaient écoulées depuis, et il devait admettre qu'elle ne lui avait pas manqué. Il l'avait rencontrée sur le tournage de l'un de ses films, alors qu'elle passait une audition, et ils avaient vécu deux semaines de passion dans sa petite villa de Malibu. Dès le début, il était tombé amoureux fou d'elle, et six mois plus tard, il l'épousait — ce devait être sa seule expérience du genre. Leur union, qui avait duré quinze ans et leur avait donné deux enfants, s'était achevée dans l'amertume et les échanges venimeux — indissociables, selon lui, du mariage. Par la suite, il avait essayé de nouveau, mais cette fois, la jeune femme, une artiste française de renom, s'était montrée trop intelligente pour accepter sa proposition. Il avait trouvé en elle quelqu'un à qui il désirait rester fidèle ; il avait alors la quarantaine et elle, trente-neuf ans. Ils avaient vécu ensemble deux ans, et quand elle était morte dans un accident, un jour où elle allait le retrouver à Palm Springs, il avait cru ne jamais s'en remettre. C'est à ce moment-là que Jack Watson avait découvert la souffrance. Dorianne Matthieu avait été la femme de ses rêves, et dans ses rares moments de grande lucidité, il soutenait encore qu'elle était la seule qu'il eût aimée. Amusante, piquante, sexy et belle, elle était à sa manière excentrique, ne lui passait rien et assurait qu'il aurait fallu être folle pour se marier avec lui. Il n'avait cependant pas douté un instant de l'amour qu'elle lui portait ; quant à lui, il l'adorait. Elle l'avait entraîné à Paris pour lui présenter ses amis, puis ensemble, ils avaient parcouru le monde : l'Europe, l'Asie, l'Afrique et l'Amérique du Sud. Les moments partagés avec elle lui semblaient toujours magiques. Sa mort lui avait donné le sentiment de l'inanité de l'existence et sa perte avait été si douloureuse qu'il avait pensé en mourir.

Des femmes, beaucoup d'autres femmes s'étaient ensuite succédé pour remplir ses nuits et ses jours. Depuis la disparition de Dorianne, douze ans plus tôt, il n'était presque jamais resté seul, mais il n'avait plus aimé personne et ne le souhaitait d'ailleurs pas. Selon lui, l'amour faisait trop mal, et il possédait maintenant tout ce qu'il pouvait désirer : une entreprise qui ne cessait de se développer et de prospérer.

Avant la mort de Dori, il avait ouvert une succursale à Palm Springs, puis une autre à New York, cinq ans plus tard. Et depuis deux ans, il envisageait de s'installer aussi à San Francisco. Cependant, il n'était pas sûr d'avoir envie d'affronter les tracas qu'occasionnerait l'ouverture d'une nouvelle boutique. Si son fils acceptait de s'associer à l'affaire... Mais jusqu'à présent, Jack n'avait pas pu le détourner du cinéma. Agé de trente-deux ans, Paul était un producteur à succès. Il réussissait mieux dans la carrière que son père, et exerçait son métier avec passion. Pourtant, Jack se méfiait des incertitudes du cinéma et des déceptions presque inévitables qu'il réservait. Il aurait donné cher pour convaincre son fils de reprendre le flambeau... Un jour, peut-être... Pour le moment, ce dernier ne voulait rien entendre.

Paul aimait son travail et sa femme. Il était marié depuis deux ans et, à l'en croire, il ne manquait qu'un enfant pour que leur bonheur soit complet. Jack n'était pas certain que Paul y tienne autant que Jan, son épouse. Celle-ci travaillait dans une galerie d'art, et Jack avait l'impression qu'elle n'y resterait que jusqu'à ce qu'elle ait des enfants. Il la trouvait un peu terne, mais gentille, et elle rendait Paul très heureux. D'ailleurs, elle était belle. Sa mère, Amanda Robbins, était une ancienne actrice, à l'allure extraordinaire. Grande, mince et blonde, à cinquante ans, elle restait toujours très attirante. Vingt-six ans plus tôt, elle avait abandonné une brillante carrière pour épouser un banquier très conservateur du nom de Matthew Kingston — un homme des plus ennuyeux, à en croire Jack. Ils avaient deux filles ravissantes, une immense propriété dans le quartier de Bel Air et ne fréquentaient que des gens de leur milieu.

Amanda était l'une des rares femmes de Los Angeles à ne jamais être entrée dans la boutique de Jack, et ce dernier s'amusait toujours de constater qu'elle l'évitait à chacune de leurs rares rencontres. Elle paraissait détester tout ce qu'il représentait. Il n'aurait pas été surpris le moins du monde d'apprendre qu'Amanda avait tenté de toutes ses forces de dissuader sa fille d'épouser Paul Watson. Son mari et elle tenaient le monde du spectacle en piètre estime, et ils étaient persuadés que Paul se révélerait aussi volage que son père. Ce n'était pourtant pas le cas. Paul leur avait prouvé qu'il était un mari sérieux et digne de confiance. Ils avaient donc fini par l'accueillir au sein de leur famille ; en revanche, ils n'avaient jamais cherché à se rapprocher du père. Jack avait une réputation de séducteur impénitent. Bel homme, on le voyait dans tous les endroits à la mode et il était connu pour séduire toutes les starlettes et mannequins qu'il rencontrait. Toujours courtois, presque trop, même, de l'avis des femmes avec qui il sortait, il se montrait généreux, intelligent, agréable à vivre et amusant. De temps à autre, l'une d'elles était assez naïve pour s'imaginer qu'elle pourrait vivre avec lui plus qu'une brève idylle. Mais Jack était trop prudent pour se laisser prendre. Il veillait à ce qu'elles quittent sa vie dès qu'il sentait qu'elles voulaient s'y installer. Il était toujours très franc, ne promettait rien et ne cherchait pas à les leurrer. Il leur offrait de bons moments, les emmenait dans les endroits dont elles rêvaient, dînait avec elles dans les meilleurs restaurants et, avant qu'elles aient compris ce qui leur arrivait, il s'occupait déjà de la suivante. Elles en conservaient le souvenir d'une aventure agréable, bien que trop brève, vécue en compagnie d'un bel homme qui leur laissait le regret de ne pas avoir su le garder.

Il était impossible d'en vouloir à Jack ou d'éprouver de la rancune à son encontre. Tout en lui, jusqu'à sa façon de rompre, était d'une élégance irrésistible. S'il lui arrivait parfois de fréquenter une femme mariée, il disait le plus grand bien du mari. Jack Watson était attirant, doué pour l'amour, bref un play-boy incorrigible qui n'avait d'autre prétention que de s'amuser. A cinquante-neuf ans, il en paraissait dix de moins. Il faisait de la gymnastique, nageait souvent dans l'océan, occupait toujours sa maison de Malibu, et appréciait les femmes qui passaient dans sa vie à l'égal ou presque de sa Ferrari rouge. Il ne tenait vraiment qu'à ses enfants. Julie et Paul étaient sa véritable raison de vivre. Leur mère n'était plus qu'un lointain souvenir, et s'il pensait encore parfois à elle avec reconnaissance, c'était pour le bon sens qu'elle avait montré en le quittant. Après son départ, il n'en avait plus fait qu'à sa tête, même avec Dori. Il agissait en enfant gâté, avait beaucoup d'argent, une affaire prospère et se savait irrésistible. Le plus curieux, c'est que l'on ne trouvait pas trace d'arrogance chez lui. Séduisant et plein d'humour, il semblait toujours content de la vie. «Adorable» était l'adjectif que les femmes utilisaient à son propos, car il savait les mettre en valeur et leur faire plaisir.

— Bonjour, Jack, le salua le directeur adjoint de Chez Julie, en souriant.

Jack traversa la boutique d'un pas alerte et emprunta l'ascenseur privé qui menait à son bureau, tout d'acier et de cuir noir, au quatrième étage. Les plans en avaient été établis par une décoratrice italienne de renom — encore une femme qui avait traversé sa vie. Elle avait voulu quitter son architecte de mari et leurs trois enfants pour lui, mais Jack l'en avait dissuadée en lui faisant comprendre qu'il la rendrait folle. Voir évoluer Jack dans son petit univers suscitait tout à la fois la fascination et une certaine inquiétude.

Il savait qu'il trouverait du café sur sa table et que, s'il le désirait, on lui servirait un peu plus tard un déjeuner léger. Il jeta un coup d'œil à sa montre. Pour une fois, il était en retard. Il avait décidé de s'accorder une demi-heure pour aller nager dans l'océan. Pour le mois de janvier, l'air était déjà chaud, même si l'on ne pouvait en dire autant de l'eau. Il adorait nager, appréciait sa maison en bordure de mer et se passionnait pour son travail. S'il se permettait des écarts de conduite avec les femmes, il était en revanche extrêmement rigoureux pour tout ce qui concernait son affaire. Chez Julie n'était pas devenue par hasard l'une des entreprises les plus rentables du pays.

Depuis quelques années, on lui conseillait d'offrir une souscription au public afin d'attirer les investisseurs, mais il n'avait pas envie de se lancer dans une telle aventure. Il préférait conserver le contrôle et demeurer le seul maître à bord. Il n'éprouvait nul besoin de faire appel à des consultants avant de prendre une décision, de rendre des comptes, d'être harcelé ou de devoir se justifier. Chez Julie était sa propriété à cent pour cent.

En entrant dans son bureau, il trouva un tas de messages empilés sur la table, une liste des rendez-vous de l'après-midi et quelques échantillons en provenance de Paris. Ces derniers étaient d'une très grande qualité. C'est Dori qui l'avait initié aux splendides tissus français, ainsi qu'aux secrets de la gastronomie, aux vins... et aux femmes de ce pays. Il gardait un faible pour tout ce qui venait de France et Chez Julie offrait de nombreux articles en provenance directe. Il voulait proposer ce qu'il y avait de meilleur dans tous les domaines — et il y réussissait.

A peine s'était-il assis que le téléphone se mit à sonner. C'était la ligne intérieure, aussi décrocha-t-il, sans cesser d'étudier les échantillons.

— Bonjour, dit-il sans cérémonie, de cette voix qui troublait les femmes.

Gladdie, sa secrétaire, le connaissait cependant trop bien pour succomber à son charme. Depuis cinq ans qu'elle travaillait pour lui, elle avait appris tout ce qu'il importait de savoir à son propos. Car s'il tenait pour sacrée une catégorie de femmes, c'était bien celle de ses employées. Il n'avait jamais failli à la règle.

— De quoi s'agit-il? demanda-t-il.

— Paul est en ligne. Voulez-vous lui parler ou dois-je lui dire que vous êtes occupé? Votre rendez-vous de dix heures quinze devrait arriver d'une seconde à l'autre.

Il allait recevoir un fabricant de sacs à main, spécialisé dans le crocodile et le lézard.

— Le rendez-vous attendra. Faites patienter le bonhomme quelques minutes... Je veux d'abord parler à Paul.

Jack faisait en sorte d'être toujours disponible pour ses enfants. Il sourit en prenant le récepteur : Paul était un garçon remarquable, et il en était très fier.

— Salut à toi... Quoi de neuf?

— J'appelle pour savoir si tu préfères que je passe te chercher ou si l'on se retrouve là-bas.

Peu expansif de nature, Paul semblait anormalement préoccupé.

— Te retrouver où?

Jack ne se souvenait pas avoir pris rendez-vous avec son fils. En général, il n'oubliait pas ses engagements, du moins quand ils concernaient ses enfants, mais aujourd'hui...

— Enfin, papa, dit Paul d'une voix tendue, un peu agacée. L'affaire est grave, ne plaisante pas avec ça.

— Je ne plaisante pas, protesta Jack, qui reposa les échantillons et vérifia les notes sur son bureau, à la recherche d'un indice qui l'aiderait à comprendre à quoi son fils faisait allusion. Alors, où allons-nous?

Soudain, la mémoire lui revint et il s'écria, plein de confusion :

— Oh, mon Dieu, je...

C'était ce jour-là qu'avait lieu l'enterrement du beau-père de Paul. Comment un événement pareil avait-il pu lui sortir de l'esprit ?

D'évidence, il n'avait rien noté et n'avait sans doute pas indiqué à Gladdie qu'il comptait s'y rendre, sinon elle le lui aurait rappelé la veille, puis à nouveau ce matin.

— Tu l'avais oublié, n'est-ce pas, papa ?

Le ton de Paul était accusateur.

— Ce n'est pas que j'avais oublié, mais sur le moment, je n'y pensais plus.

— A d'autres ! Tu avais bel et bien oublié. L'enterrement est à midi, et ensuite il est prévu de déjeuner chez eux. Tu n'es pas obligé de t'y rendre, mais je crois que ce serait bien si tu venais.

Sa sœur Julie avait pour sa part promis d'y assister.

— Ils attendent combien de personnes, à ton avis ?

Jack se demandait soudain comment il allait pouvoir reporter les rendez-vous qu'il avait acceptés pour l'après-midi. Cela n'allait pas être facile, mais si Paul attachait de l'importance à sa présence, il se libérerait.

— Au déjeuner ? Je ne sais pas... Ils connaissent un monde fou... Deux ou trois cents personnes, peut-être.

Jack se rappelait sa stupéfaction lorsqu'il avait vu plus de cinq cents invités assister au mariage de son fils. Ils venaient des quatre coins du pays, à la demande des Kingston pour la plupart.

— On ne s'apercevra même pas de mon absence, dans ce cas, remarqua Jack, pratique. Je te remercie d'avoir proposé de m'y conduire, mais je préfère te retrouver là-bas. De toute façon, tu seras auprès de Jan, de sa mère et de sa sœur. Moi, je resterai à l'arrière.

— Fais en sorte qu'Amanda sache que tu es venu,

recommanda Paul. Jan serait bouleversée si sa mère s'imaginait que tu ne t'es pas dérangé pour l'enterrement.

— Elle serait sûrement beaucoup plus heureuse si je ne m'y montrais pas, s'exclama Jack en riant, car il ne faisait pas mystère de leur relative mauvaise entente.

Il avait dansé deux fois avec elle au mariage, sans lui adresser la parole. Amanda lui avait fait sentir qu'elle le détestait cordialement. Comme tout un chacun dans cette ville, elle voyait sans cesse son nom dans la chronique mondaine, et depuis qu'elle avait abandonné sa carrière, elle partageait l'opinion de son mari pour qui un nom ne devait figurer dans les journaux qu'en trois occasions, la naissance, le mariage et la mort. Celui de Jack était en général suivi de celui d'une actrice ou d'une starlette prometteuse, ou bien cité à l'occasion d'une réception de Chez Julie. La boutique était en effet renommée pour les somptueuses fêtes qu'on y donnait en l'honneur des stylistes ou des clients. Certains le suppliaient pour obtenir une invitation à ces soirées, mais pas les Kingston. Sachant que de toute façon ils ne se seraient pas dérangés, il ne prenait jamais la peine de les y convier.

— En tous les cas, sois à l'heure, papa. Tu serais en retard à ton propre enterrement, si tu le pouvais !

— Lequel n'est pas pour tout de suite, du moins espérons-le, répliqua Jack.

Il songeait à la crise cardiaque qui avait emporté Matthew Kingston. Ce dernier, foudroyé quatre jours plus tôt sur un court de tennis, avait deux ans de moins que lui. Les partenaires de tennis de Kingston avaient tout tenté pour le ranimer, sans résultat. En mourant à cinquante-sept ans, alors que sa femme venait d'atteindre la cinquantaine, le banquier allait être regretté par sa famille, par la communauté financière et par tous ceux qui l'avaient fréquenté. A l'exception de Jack, qui l'avait toujours trouvé pompeux et coincé, et ne l'avait jamais apprécié.

— Je te retrouve là-bas, papa. Il faut que je passe prendre Jan chez sa mère ; elle y a passé la nuit.

— A-t-elle besoin de quelque chose ? D'un chapeau ? D'une robe ? Je peux envoyer quelqu'un chercher ce qui lui manque dans les rayons et vous passeriez le prendre.

Paul sourit en entendant son père. Jack était parfois impossible, mais c'était un homme de cœur, et il l'adorait.

— Ça ira, papa, affirma-t-il. Je crois qu'Amanda a trouvé tout ce qui leur manquait. Bien que très marquée par la mort de Matt, elle reste maîtresse d'elle-même. C'est une personne remarquable.

— C'est la reine des Neiges, plaisanta Jack, qui regretta aussitôt qu'une telle réflexion lui ait échappé.

— Ce n'est pas une chose à dire d'une femme qui vient de perdre son mari !

— Pardonne-moi, j'ai parlé sans réfléchir.

Toutefois, ce n'était pas si mal observé. Amanda Kingston contrôlait toujours à la perfection son apparence et ses émotions. Chaque fois que Jack la voyait, il éprouvait une irrésistible envie de la décoiffer et de mettre du désordre dans sa tenue. Cette idée l'amusait encore quand il raccrocha, bien qu'il songeât fort rarement à elle.

En même temps, il éprouvait de la compassion pour elle, car il se souvenait de sa propre douleur lors de la disparition de Dori. Néanmoins, l'attitude distante et froide de la belle-mère de Paul rendait difficile toute expression de sympathie. Elle était d'une perfection insupportable ! Elle était restée à l'image de l'Amanda Robbins qu'elle était à vingt-quatre ans, avant qu'elle ne renonce au cinéma pour épouser Matthew Kingston. Ce mariage avait eu un énorme retentissement, et des années durant certains avaient continué à parier qu'elle s'ennuierait et reprendrait le chemin des studios. Pourtant, elle n'en avait rien fait. Elle avait conservé sa ligne et sa beauté glacée, mais n'avait pas repris sa carrière. Du reste, Matthew ne l'aurait sans doute pas toléré. Il se comportait comme si Amanda n'appartenait qu'à lui.

Jack ouvrit son placard et eut la satisfaction de voir qu'il y avait laissé un costume sombre. Bien que ce ne fût pas l'un de ses complets les mieux coupés, il conviendrait pour l'occasion ; en revanche, toutes les cravates qu'il rangeait là pour répondre à un cas d'urgence étaient rouges, bleues ou jaunes. D'un pas rapide, il alla trouver Gladdie dans le bureau voisin.

— Pourquoi ne m'avez-vous pas rappelé que l'enterrement avait lieu aujourd'hui ? gronda-t-il.

Jack n'était cependant pas réellement en colère, Gladdie le savait bien : il appartenait à l'espèce très rare des hommes qui assument leurs erreurs. Tout en passant pour léger et irresponsable, elle le savait capable de profondeur et doté de nombreuses qualités. C'était un patron qui savait se montrer compréhensif, généreux et digne de confiance, et elle éprouvait un grand plaisir à être sa collaboratrice.

— Je croyais que vous aviez bien compris. Vous l'aviez oublié ? demanda-t-elle aimablement.

Il eut un sourire confus et convint :

— Ce doit être freudien, j'imagine. Je déteste aller aux enterrements d'hommes plus jeunes que moi. Rendez-moi un service, Glad. Courez chez Hermès, au coin de la rue, et trouvez-moi une cravate foncée. Ne la prenez pas trop sinistre ; juste assez classique pour que Paul n'ait pas honte de moi. Evitez les modèles ornés de femmes nues.

Elle rit et s'empara de son sac, au moment même où le maroquinier entrait avec son représentant. Jack allait expédier cette affaire en un rien de temps.

A onze heures du matin, il avait commandé une centaine de sacs, et Gladdie était de retour avec une cravate gris fumé à motifs géométriques blancs qui conviendrait à merveille.

— Bravo pour votre choix ! dit-il, reconnaissant.

Il la passa et fit un nœud impeccable, sans même se mettre devant un miroir. Dans son complet gris anthracite et sa chemise blanche, il était très séduisant, avec ses cheveux d'un blond vénitien, ses yeux bruns et ses traits réguliers.

— Ai-je l'air respectable ?

— Je ne suis pas sûre que ce soit le terme pour vous décrire... Sublime conviendrait mieux, je crois, dit-elle en souriant.

Gladdie était blindée contre son charme et c'était une qualité qu'il appréciait beaucoup chez elle. Elle l'apaisait, car elle ne faisait attention ni à son physique, ni à sa réputation ni à ses conquêtes ; elle ne s'intéressait qu'à la boutique.

— Sincèrement, vous avez fière allure, reprit-elle. Paul sera fier de vous.

— Je l'espère. Peut-être que sa charmante belle-mère s'abstiendra d'appeler la brigade des mœurs en me voyant. Mon Dieu, ce que je peux détester les enterrements...

Il sentait d'avance la tristesse le gagner, car cela allait lui rappeler la mort de Dori. Seigneur, qu'il avait souffert... D'abord le choc, puis l'insoutenable douleur, et enfin le mal à accepter qu'elle l'ait quitté à jamais. Il lui avait fallu des années pour s'en remettre, et même s'il avait tenté de combler ce vide en cherchant à se consoler auprès d'autres femmes, il n'en avait jamais trouvé une qui pût rivaliser avec elle. Dori avait été belle, séduisante, gaie, pleine d'enthousiasme et si attachante... C'était une femme hors du commun, et le seul fait de penser à elle, alors qu'il quittait son bureau, suffit à le déprimer profondément. Douze ans après sa mort, elle lui manquait toujours. Jack ne remarqua même pas que les femmes le regardaient avec admiration lorsqu'il sortit du magasin et prit le volant de sa Ferrari. Il démarra en trombe, et cinq minutes plus tard, il roulait sur le boulevard Santa Monica, en direction de l'église épiscopale de Tous-les-Saints, où avait lieu la cérémonie. Il était midi dix et la circulation était plus dense qu'il ne s'y était attendu. C'était une belle journée de janvier, et tout le monde semblait s'être donné le mot pour aller se promener. Il arriva à l'église avec vingt minutes de retard et se faufila vers un banc du fond. Il avait du mal à se faire une idée du nombre de personnes présentes. De l'endroit où il se trouvait, il avait l'impression qu'il y avait au moins sept ou huit cents personnes, même si cela lui semblait impossible.

Il chercha vainement sa fille Julie, perdue dans la foule. Il ne parvint même pas à repérer Paul, assis au premier rang, entre sa femme et sa belle-sœur, pas plus que la veuve, complètement cachée à ses yeux. Jack ne voyait que le cercueil d'acajou rouge aux poignées de bronze, si sobre et si sévère, que recouvrait une couronne de petites orchidées blanches sur un coussin de mousse. L'ensemble dégageait une sombre beauté, tout comme les orchidées disposées sur l'autel. Jack comprit que c'était l'œuvre d'Amanda. Il reconnaissait son goût du raffinement qui l'avait frappé lors du mariage de leurs enfants et dont elle témoignait encore en de telles circonstances.

Cependant, il ne tarda pas à l'oublier pour fixer toute son attention sur la cérémonie. Un ami du défunt prit la parole, suivi des deux gendres. L'éloge funèbre de Paul fut bref, mais bien tourné et très émouvant.

Les yeux brillants de larmes, Jack l'en félicita à la sortie.

— Tu as été très bien, mon garçon, dit-il d'une voix enrouée. Le moment venu, tu pourras te charger du mien.

Il s'efforçait de garder un ton léger, mais Paul, l'air accablé, fit un signe de dénégation, avant de lui passer un bras autour des épaules.

— Ne te fais pas d'illusion. Personne n'aurait rien à dire en ta faveur, alors inutile d'y songer.

— Merci bien, je m'en souviendrai. Je devrais peut-être arrêter le tennis…

— Papa… dit Paul d'un ton de reproche, en lui jetant un bref coup d'œil d'avertissement.

Amanda approchait, fendant lentement la foule pour aller à l'endroit où elle recevrait les condoléances de ceux qui étaient venus. Avant d'avoir eu le temps de réagir, Jack se trouva en face d'elle. Sa beauté restait intacte et son aura, celle d'une star, en dépit des années passées loin des caméras. Coiffée d'un grand chapeau et d'un voile noirs, elle portait un tailleur à la coupe parfaite.

— Bonjour, Jack, le salua-t-elle d'une voix posée.

Elle se dominait à merveille, et pourtant, ses grands

yeux bleus révélaient une telle souffrance qu'il eut un élan de compassion envers elle.

— Je suis désolé pour vous, Amanda, affirma-t-il.

Même s'il ne l'appréciait guère, il se rendait compte à quel point elle était affectée par la mort de son mari. Toutefois, il ne se sentait pas assez proche d'elle pour lui exprimer plus pleinement ses regrets. Déjà, elle détournait les yeux, prenait congé d'un signe de tête et poursuivait sa route. Paul quitta alors son père pour aller rejoindre Jan, qui était à côté de sa sœur.

Jack resta encore quelques minutes, n'aperçut personne de connaissance et décida de partir discrètement, sans déranger son fils, manifestement fort occupé.

Une demi-heure plus tard, Jack était de retour à son bureau. Il demeura grave tout l'après-midi, car ses pensées allaient à cette famille et à celui qui venait de les quitter. En dépit de ses réserves, il avait néanmoins éprouvé du respect pour Matthew, et il avait de la peine pour tous ceux qu'il laissait derrière lui. De plus, ce deuil lui remémorait Dori. Il ressortit même une photographie d'elle du fond d'un tiroir. Et tandis qu'il contemplait le sourire qu'elle arborait sur une plage de Saint-Tropez, il se sentit plus désemparé que jamais.

Venue voir à une ou deux reprises comment il allait, Gladdie devina qu'il préférait rester seul. Il lui fit d'ailleurs annuler les deux derniers rendez-vous de la journée. Elle trouva cependant que même dans la peine, il conservait sa prestance. De son côté, Jack ne se doutait guère qu'au même instant, dans sa maison de Bel Air, Amanda Kingston était justement en train de parler de lui.

— Votre père a été très aimable de venir, déclara-t-elle à Paul alors que les derniers invités se retiraient.

L'après-midi leur avait paru à tous interminable, et en dépit de son inébranlable assurance, Amanda paraissait à présent épuisée.

— Il a été très peiné pour Matthew, répondit Paul en lui effleurant le bras pour manifester sa sollicitude.

Amanda fit signe qu'elle comprenait et se tourna vers ses filles. Pour une fois, toutes deux, très affectées par la disparition de leur père, ne se disputaient pas. Jan et sa sœur Louise avaient un peu plus d'un an d'écart et différaient en tous points. Depuis l'enfance, elles ne cessaient de se chamailler. Pour l'instant, elles avaient conclu une trêve afin de soutenir leur mère. Sans mot dire, Paul les laissa toutes les trois pour aller se servir une tasse de café à la cuisine. Le personnel fourni par le traiteur achevait d'y nettoyer et d'y ranger la vaisselle et les verres dont s'étaient servies les quelque trois cents personnes venues témoigner leur sympathie aux Kingston.

— Je n'arrive pas à croire qu'il nous a quittées pour de bon, murmura Amanda, qui tournait le dos à ses filles et contemplait le jardin, entretenu à la perfection.

— Moi non plus, convint Jan en se mettant à pleurer.

Louise poussa un soupir agacé. Si elle avait éprouvé une affection profonde pour son père, elle ne s'était jamais entendue avec lui. Il lui avait paru plus dur et plus exigeant envers elle qu'envers Jan. Il s'était emporté quand elle avait renoncé à poursuivre des études de droit pour se marier, dès la fin du lycée. Pourtant, elle avait fait un bon mariage, et au cours des cinq premières années, elle avait mis au monde trois enfants. Il avait cependant également trouvé à redire sur ce point, estimant qu'elle avait trop d'enfants, alors qu'il n'avait pas poussé Jan à travailler, ce qu'elle n'envisageait d'ailleurs pas, et ne lui avait pas reproché d'avoir épousé un homme du monde du spectacle dont le père n'était rien de plus qu'un boutiquier de Rodeo Drive. Louise n'aimait pas Paul et ne s'en cachait pas. Son mari à elle était un Loeb, et un avocat du nom de Loeb était tout de même un parti plus convenable pour une Kingston. A la fin de cet après-midi douloureux, tout en regardant Jan verser des larmes, Louise pensait aux critiques que son père lui avait adressées, à son intransigeance et au nombre de fois où elle s'était demandé s'il l'aimait. Elle aurait souhaité en parler, mais sentait que ni sa mère ni sa sœur ne pourraient la comprendre. Sa mère détestait qu'elle émette la moindre réserve sur son père, car pour Amanda, Matthew était déjà en passe d'être canonisé.

— Je tiens à ce que vous gardiez en mémoire quel homme merveilleux il était, rappelait justement Amanda, le menton tremblant d'émotion.

Ses cheveux blonds étaient tirés en arrière, en un chignon strict, et les deux sœurs avaient conscience qu'elle était toujours d'une beauté supérieure à la leur. Louise n'avait jamais supporté que sa mère ait cette allure exceptionnelle. Il était presque impossible de lui arriver à la cheville, et Amanda insistait toujours pour qu'elles tendent vers la perfection. Jusqu'alors, Louise n'avait pas pu se rendre compte des faiblesses de sa mère, de sa vulnérabilité, des inquiétudes qu'elle avait éprouvées toute sa vie et cachées derrière cette apparence irréprochable. Jan était beaucoup plus proche d'Amanda, ce qui ne faisait du reste qu'accroître le ressentiment entre les deux sœurs. Louise accusait sa cadette d'être la favorite de leurs parents, et celle-ci prétendait ne s'en être jamais aperçue.

— Je veux que vous sachiez toutes les deux qu'il vous aimait très fort, reprit Amanda.

Elle ne put cependant poursuivre, car les sanglots l'étouffèrent. Elle n'acceptait pas l'idée qu'il était parti et ne l'étreindrait plus jamais. Son pire cauchemar devenait réalité, et elle ne parvenait pas à imaginer une existence sans lui.

— Maman, la réconforta Jan en la prenant dans ses bras comme si elle était une enfant.

Louise quitta la pièce sans mot dire et alla retrouver Paul, qui s'était assis dans la cuisine pour boire son café.

— Comment va-t-elle ? s'enquit-il, préoccupé.

Louise haussa les épaules ; comme à l'accoutumée, son propre chagrin était mêlé de révolte. Ses enfants étaient repartis à la maison sous la conduite de la jeune fille qui les surveillait, et son mari avait regagné son cabinet. Même si elle ne l'estimait pas beaucoup, elle n'avait personne à qui parler en dehors de Paul.

— Elle est en plein désarroi, dit-elle. Elle dépendait de lui pour tout. Il lui disait quand se lever et se coucher, ce qui était convenable et ne l'était pas, qui devaient être ses amies. J'ignore pourquoi elle se laissait ainsi dominer ; c'était révoltant.

— Elle éprouvait peut-être le besoin d'être sécurisée, suggéra Paul en étudiant sa belle-sœur avec intérêt.

Louise semblait toujours bouillir d'indignation et de rancune, et il se demandait si elle était vraiment heureuse avec son mari. Comme toute famille, celle-ci avait ses secrets et ses coins sombres. Ainsi, il avait toujours été étonné en entendant les deux filles parler de leur mère. Si chacune la voyait de façon différente, la femme qu'elles évoquaient n'avait rien à voir avec celle qui présentait un visage impassible au reste du monde. Elles la décrivaient comme un être impressionnable, qui s'était laissé asservir. Il se demandait si ce n'était pas la raison profonde du refus d'Amanda de poursuivre sa carrière au cinéma. Quelles qu'aient été les objections de Matthew à ce sujet, peut-être avait-elle redouté de s'y risquer.

— Elle s'en remettra, dit-il gauchement, pour rassurer Louise. Jan veillera sur elle.

Louise était en train de se verser un verre de vin, et bien que destinée à l'apaiser, cette dernière réflexion ranima sa colère.

— Ah, pour ça, c'est certain ! Elle cherche par tous les moyens à s'attirer ses bonnes grâces. Elle a toujours agi ainsi, même quand nous étions toutes petites. C'est même étonnant que vous n'ayez pas déjà proposé tous les deux de vous installer ici avec maman. Voilà qui serait touchant... Tu sais que maman va avoir besoin d'aide pour régler la succession. Je suis sûre que Jan et toi serez ravis de vous en occuper.

— Calme-toi, Lou.

Il avait employé le diminutif que Jan donnait à sa sœur, mais Louise lui jeta un regard furibond. Paul remarqua que ses yeux rappelaient de manière étonnante ceux de sa mère. Pour le reste, elle ressemblait trait pour trait à son père, et son physique était agréable, mais sans plus. Des deux sœurs, Jan était de loin la plus jolie.

— Personne ne cherche à te blesser, reprit-il.

— Il est trop tard pour cela, répliqua-t-elle en se resservant du vin. On s'en charge ici depuis des années. Peut-être maman va-t-elle se décider à grandir, maintenant que papa n'est plus là. Peut-être allons-nous même toutes devenir adultes.

Elle reposa le verre et sortit dans le jardin. Paul ne tenta pas de la suivre.

Du bureau où elles étaient maintenant assises, Jan et Amanda la suivirent des yeux.

— La voilà une fois de plus fâchée contre moi, remarqua Jan ; un rien l'irrite.

— J'aimerais que vous arrêtiez de vous quereller, toutes les deux, déclara Amanda avec tristesse, tout en se tournant vers sa plus jeune fille. J'ai toujours espéré que vous changeriez en grandissant et que vous deviendriez les meilleures amies du monde, quand vous seriez mariées et que vous auriez des enfants.

C'était ce qui lui tenait le plus à cœur depuis toujours, et pourtant sa remarque fit aussitôt naître une lueur de chagrin dans les yeux de Jan.

— Oui, mais moi, je n'en ai pas… n'est-ce pas ?

— Quoi ?

Sa mère avait l'air égarée et sa détresse était telle que Jan en eut le cœur serré.

— Des enfants, précisa-t-elle.

Le ton de sa voix attira l'attention d'Amanda. L'idée que sa fille puisse souhaiter ne pas avoir d'enfants lui paraissait impensable.

— Tu ne veux pas d'enfants ? demanda-t-elle, choquée.

— Si, affirma Jan, qui éprouvait de la jalousie envers sa sœur, qui avait eu trois enfants en cinq ans avec une facilité extrême. Bien sûr que si. Mais nous essayons depuis un an, sans le moindre succès.

— Cela ne veut rien dire, dit Amanda en souriant. Il arrive que cela prenne du temps ; soyez patients.

— Cela ne t'a pas pris beaucoup de temps. Papa et toi vous nous avez eues dans les deux ans qui ont suivi votre mariage.

Elle soupira. Sa mère lui caressa la main et leva la tête. Ce qu'Amanda lut alors dans le regard de sa fille fut pour elle un déchirement : le chagrin s'y mêlait à l'angoisse et à une déception amère.

— J'ai demandé à Paul de venir consulter un médecin avec moi, mais il refuse. Il estime que je suis folle de m'inquiéter.

— As-tu parlé toi-même au médecin ? Pense-t-il que vous avez un problème ?

— Le médecin l'ignore encore, et il juge préférable de s'en assurer. Il m'a donné le nom d'un spécialiste. Pourtant, quand j'en ai parlé à Paul il s'est mis en colère. Il m'a répondu que sa sœur a des enfants, que Lou aussi, et qu'il n'y a donc aucune raison pour que nous ayons des difficultés. Pourtant, ce n'est peut-être pas aussi simple qu'il le croit.

Sans oser la questionner, Amanda se demanda soudain si sa fille n'avait pas caché un épisode de sa jeunesse — une maladie, un écart de conduite, voire un avortement. Il valait mieux laisser cela au médecin.

— Eh bien, peut-être devrais-tu écouter Paul, du moins pour le moment, et essayer de ne pas t'inquiéter.

— Je ne pense plus qu'à cela, maman, avoua-t-elle, les joues baignées de larmes. Je voudrais tant avoir un enfant... et j'ai si peur que cela ne m'arrive jamais !

— Bien sûr que si...

Il lui était insupportable de voir sa fille malheureuse, surtout aussitôt après la disparition brutale de Matthew.

— Et si tu ne parviens pas à en avoir, tu pourras toujours en adopter un, poursuivit-elle.

— Paul ne veut pas en entendre parler. Il veut des enfants qui soient de lui.

Amanda se retint de dire que Paul n'aplanissait pas les choses, et qu'il se montrait égoïste et borné.

— Tu pourras toujours franchir cet obstacle-là plus tard. Pour le moment, pourquoi n'essaies-tu pas de te détendre un peu ? Je parie que tu te retrouveras enceinte en un rien de temps.

Jan approuva de la tête mais à voir l'expression de ses yeux, il était manifeste qu'elle était loin d'être convaincue. Voilà un an qu'elle se tourmentait à ce sujet, et l'inquiétude qui l'habitait menaçait de céder la place à une peur panique. Néanmoins, même si ses confidences n'avaient permis d'aboutir à aucune conclusion, elles avaient ouvert le dialogue entre la mère et la fille.

— Et toi, maman ? Comment vas-tu t'en sortir sans papa ?

C'était là une question si douloureuse qu'Amanda, les yeux humides, ne put que secouer la tête en signe d'impuissance.

— Je ne me vois pas vivre sans lui. Jamais personne ne le remplacera auprès de moi, Jan, jamais. Je ne le supporterai pas. Nous avons été mariés vingt-six ans — plus de la moitié de mon existence. Je ne sais pas ce que je vais devenir... Comment je vais me réveiller le matin et...

Jan étreignit sa mère et la laissa pleurer tout son soûl. Elle aurait aimé lui affirmer qu'elle se sentirait mieux plus tard, mais elle-même n'arrivait pas à imaginer Amanda seule. Matthew avait été le moteur de leur famille, protégeant sa mère du monde extérieur, lui indiquant quelle conduite tenir en toute occasion, et bien qu'il n'eût été son aîné que de sept ans, il s'était comporté comme un père avec elle.

— Continuer à vivre sans lui m'est intolérable, avoua Amanda.

Jan savait qu'elle était sincère. Elles demeurèrent encore une heure en tête à tête, puis Paul vint les rejoindre. Lou était partie sans leur dire au revoir, pleurant après les avoir vues ensemble, par la fenêtre. Paul devait rentrer pour travailler. Il serait bientôt six heures et ils allaient devoir laisser Amanda seule, si difficile que ce fût pour elle.

Amanda avait pourtant l'air si pitoyable, dans son tailleur noir, quand elle se tint sur le perron de sa maison pour leur dire au revoir d'un signe, au moment où ils démarraient, qu'après le premier virage Jan éclata de nouveau en sanglots.

— Mon Dieu, Paul, elle va tout bonnement se laisser mourir, sans papa.

Elle pleurait en pensant à son père qu'elle venait de perdre, à sa sœur qui la détestait, à sa mère qui souffrait tant, et à l'enfant qu'elle n'aurait peut-être jamais. Elle avait tant de peine que Paul dut lui tenir la main durant tout le trajet de retour pour la rassurer un peu.

— Elle ira mieux dans quelque temps, tu verras, affirma-t-il. Elle est toujours très belle. Je suis certain que dans six mois, tout Los Angeles l'invitera à sortir. Elle se remettra peut-être même à tourner des films. Elle est encore assez jeune pour faire un retour au cinéma.

— Jamais elle ne le ferait, même si elle en avait envie, car papa y était totalement opposé. Il la voulait pour lui tout seul, et elle avait accepté par amour pour lui.

Paul évita de répondre que si c'était vrai, Matthew avait été l'homme le plus égoïste que la terre ait porté. Jan lui en aurait voulu à mort. Déjà, elle poursuivait :

— Et puis, comment oses-tu insinuer que ma mère puisse sortir avec qui que ce soit d'autre ? C'est répugnant !

— Cela n'a rien de répugnant ; c'est la vie. Elle a cinquante ans, Jan. Ton père est mort, mais pas elle, et il ne faut pas qu'elle reste seule.

Tout en parlant, il avait eu un petit sourire. Quand Jan s'en rendit compte, elle s'écria avec violence :

— Il n'est pas question qu'elle sorte avec quelqu'un d'autre. Elle n'est pas comme ton père. Elle a vécu un mariage merveilleux, et elle adorait papa.

— Alors, elle voudra sans doute se remarier et ce ne sera pas un crime.

— Je n'arrive pas à croire qu'une idée pareille te soit venue à l'esprit, dit-elle d'une voix crispée, avant d'arracher sa main de la sienne et de le dévisager. Tu penses vraiment que ma mère va sortir avec des *hommes* ! Tu es malade ou tu ne respectes rien. On voit bien que tu ne connais pas ma mère.

— C'est sans doute vrai, ma chérie, lui dit-il d'un ton apaisant, mais je connais le genre humain.

Jan ne lui répondit pas. Révoltée par ses propos, elle se détourna pour regarder le paysage défiler par la vitre, et ils roulèrent en silence jusqu'à leur maison. Jan pouvait jurer que sa mère demeurerait fidèle à la mémoire de son père durant le restant de ses jours.

2

En juin, lors d'un week-end, Amanda invita ses deux filles à l'hôtel Biltmore de Santa Barbara. Paul était à New York, où il mettait au point les derniers détails d'un projet de film, et le mari de Louise, Jerry, assistait à un séminaire, à Denver. L'occasion lui avait semblé idéale pour passer un peu de temps avec Louise et Jan. Cependant, à peine arrivées, les deux jeunes femmes constatèrent l'état alarmant dans lequel se trouvait Amanda. Celle-ci portait toujours le deuil, avait les cheveux tirés en un chignon trop strict, ne portait aucun maquillage, et lorsque Jan lui demanda comment elle se sentait, elle fondit en larmes sans pouvoir s'arrêter. Inquiètes, les deux sœurs laissèrent de côté, pour une fois, leurs dissensions personnelles. Le dimanche matin, alors que Amanda dormait encore, elles descendirent à la salle à manger pour prendre ensemble le petit déjeuner. Tout en mangeant des crêpes aux myrtilles, Louise déclara :

— Elle devrait aller voir un médecin. Elle est beaucoup trop déprimée, cela m'inquiète. Je crois qu'il faudrait qu'elle prenne des anxiolytiques…

— Son état ne ferait qu'empirer. Ce qu'il lui faut, c'est sortir et voir des amis. Je suis tombée sur Mme Auberman, la semaine dernière, et elle m'a dit qu'elle n'avait plus de nouvelles de maman depuis la mort de papa. Or cela fait déjà cinq mois. Maman ne va tout de même pas rester enfermée jusqu'à la fin de ses jours.

— Peut-être que si, la contredit Louise, qui se demandait comme souvent si sa sœur et elle avaient quoi que ce soit en commun. Tu sais, papa aurait souhaité qu'elle réagisse de la sorte ; s'il avait pu laisser un testament en ce sens, il aurait exigé qu'elle soit enterrée vive avec lui.

Jan considéra sa sœur aînée avec indignation :

— Une réflexion pareille, c'est dégoûtant ! Tu sais qu'il détestait la voir malheureuse...

— Et toi, tu sais aussi parfaitement qu'il ne supportait pas qu'elle ait une vie à elle, sauf s'il s'agissait de nous emmener au cours de danse ou de jouer au bridge avec les femmes de ses associés. Je suis persuadée que dans son inconscient, elle sait qu'il aurait aimé la savoir désespérée. A mon avis, elle devrait consulter un psychiatre, conclut Louise sans ambages.

— Pourquoi ne pas l'emmener en vacances avec nous ? proposa Jan.

L'idée lui paraissait bonne, car elle n'aurait aucun mal à se libérer de son poste à la galerie, mais Louise ne voyait pas à qui elle laisserait ses enfants.

— Peut-être en septembre, insista Jan. Une fois qu'ils seront à l'école. On pourrait aller à Paris avec elle...

— Cela me paraît envisageable, approuva Louise.

Pourtant, au déjeuner, quand elles exposèrent leur projet à Amanda, cette dernière prétendit que cela lui serait impossible.

— Je ne peux pas m'absenter pour le moment, assura-t-elle avec fermeté. Il reste trop de problèmes à régler au sujet de la succession. Je ne tiens pas à ce que cette histoire se prolonge éternellement.

Toutes trois savaient qu'il s'agissait là d'un prétexte. Amanda ne voulait pas rejoindre le monde des vivants — pas sans Matthew. Lou, pleine de bon sens, revint à la charge :

— Laisse donc les hommes de loi s'en occuper, maman. Ils s'en chargeront de toute façon, et cela te fera du bien de partir un peu.

Sa mère hésita un long moment, secoua à nouveau la tête, les yeux pleins de larmes, et se résigna à avouer :

— Je n'y tiens pas; je me sentirais trop coupable.

— De quoi? De dépenser un peu d'argent? Tu as quand même les moyens de t'offrir un voyage à Paris.

Et même plusieurs. Là n'était donc pas la question. Le problème était plus profond.

— Il ne s'agit pas de ça. Simplement... j'estime que je n'ai pas le droit de me lancer dans une telle entreprise sans Matthew... Pourquoi recommencer à sortir, à faire la fête? Pourquoi prendrais-je du bon temps?

Les sanglots lui nouaient la gorge, mais puisque ses deux filles la regardaient, elle irait jusqu'au bout.

— Pourquoi suis-je encore en vie et pas lui? C'est si injuste! dit-elle. Pourquoi a-t-il fallu que cela se produise?

— C'est arrivé, un point c'est tout, maman, constata Jan avec douceur. On n'y peut rien. Ce n'est ni ta faute ni la sienne. C'est une terrible malchance. Pourtant, il faut que tu continues à vivre... pour toi... pour nous... Réfléchis à notre proposition.

— Si tu ne veux pas aller à Paris, nous irons quelques jours à New York ou à San Francisco, mais tu dois réagir. Tu ne peux renoncer à te battre. Papa ne l'aurait pas voulu.

Cependant, à l'entendre, sur le chemin du retour, il était clair qu'elle n'était pas prête. Elle était encore trop affectée par la mort de son mari pour envisager une activité constructive ou des loisirs.

— Comment va-t-elle ? demanda Paul, le dimanche soir, alors que Jan le ramenait en voiture de l'aéroport.

— Pas bien du tout. Elle est en piteux état. Lou se demande s'il ne faudrait pas lui prescrire des antidépresseurs, et moi, je ne sais plus que penser. On dirait qu'elle cherche à rejoindre papa.

— Peut-être l'aurait-il souhaité et le sent-elle.

— On croirait entendre ma sœur, remarqua Jan en jetant un coup d'œil au rétroviseur avant de se tourner vers lui. Je voudrais te demander quelque chose...

Elle avait prononcé ces mots d'un ton si solennel qu'il sourit, heureux de la retrouver après ce voyage à New York ; elle lui avait beaucoup manqué. Il plaisanta :

— Bien sûr, tu aimerais que je lui arrange un rendez-vous avec mon père ? Aucun problème, je m'en occupe. Il sera ravi.

L'idée parut si saugrenue à Jan qu'elle se mit à rire avec son mari. Un instant plus tard, elle redevint grave et il sentit que la question qui la préoccupait lui importait davantage.

— J'ai d'autres soucis en tête, avoua-t-elle, ne sachant pas comment lui présenter sa requête pour le convaincre.

— Allez, Jan, je t'écoute.

— Je voudrais que nous allions tous les deux voir un médecin, un spécialiste. Voilà six mois que nous n'en avons pas reparlé, et il ne s'est toujours rien passé.

Elle paraissait tout à la fois résolue et terrifiée en lui demandant cela, mais Paul ne se montra guère compréhensif.

— Seigneur ! Encore cette histoire ! Tu ne renonces jamais, n'est-ce pas ? Je travaille depuis six mois sur ce projet de film, le plus ambitieux de ma carrière, et toi, tu restes obsédée par l'idée d'avoir un enfant. C'est normal que ça n'ait pas marché, Jan. J'ai passé plus de temps en avion qu'à la maison. Comment peux-tu croire que nous avons un problème ?

Pour elle, ces paroles sonnaient comme un refus. Paul trouvait toujours de bonnes excuses, des raisons valables. Il n'en restait pas moins qu'elle n'était pas enceinte, même s'ils avaient essayé plus souvent qu'il ne voulait bien l'admettre.

— Je voudrais simplement savoir s'il y a ou non un problème. Peut-être sommes-nous tous les deux capables d'en avoir ou peut-être est-ce moi qui ne le peux pas. Je voudrais m'en assurer, voilà tout. Est-ce trop demander ?

Comme elle achevait sa phrase, les larmes lui montèrent aux yeux. Paul la regarda et soupira :

— Pourquoi ne lui demandes-tu pas de t'examiner la première ? Et quand il te recevra, tu seras probablement enceinte.

Mais Jan n'y croyait plus. Ils essayaient depuis plus d'un an et demi et, à présent, son gynécologue lui-même s'en inquiétait et lui conseillait de faire des examens. Elle n'osa avouer à son mari qu'elle était allée chez le spécialiste, trois semaines auparavant, et qu'il l'avait trouvée en parfaite santé, ce qui signifiait que c'était maintenant à Paul d'y aller.

— Est-ce que tu iras le voir, après moi ?

— Peut-être, dit-il sans s'engager.

Là-dessus, il mit la radio un peu plus fort, et Jan fixa la route avec tristesse. Etant donné l'attitude de Paul, la situation lui paraissait sans espoir.

Au mois d'août, le spécialiste lui confirma qu'il ne voyait aucun empêchement à ce qu'elle ait un enfant, et que soit le sperme de son mari et ses propres ovules étaient incompatibles, soit le problème, s'il y en avait un, venait de son mari. Quand elle en reparla à Paul, celui-ci se fâcha et l'accusa de chantage. Il traversait une mauvaise passe, son fameux projet de film était en train de sombrer, et il ne supportait plus d'avoir des relations à des dates imposées, ni de voir sa femme s'effondrer, deux semaines plus tard, quand elle s'apercevait qu'elle n'était pas enceinte.

— Oublie tout ça pour le moment ! explosa-t-il un soir où elle essayait de le séduire, sous prétexte qu'elle était dans une période favorable.

Il partit prendre un verre avec son père. Jack sortait à présent avec une actrice connue, et on parlait de lui presque chaque jour dans la presse. Il désirait plus que jamais que son fils entre dans son affaire, mais pour ce dernier, il n'en était pas question.

En septembre, Louise et Jan tentèrent une nouvelle fois de convaincre Amanda d'entreprendre un court voyage avec elles. Sans résultat. Leur mère avait perdu sept kilos, était toujours aussi déprimée et ne sortait jamais. Quand arriva le mois de décembre, les deux sœurs s'alarmèrent. Quinze jours après Thanksgiving, où le repas de fête avait été une épreuve pour tous, car Amanda, en larmes, avait bouleversé les enfants, Jan, prise de panique, appela Louise un après-midi.

— Il faut agir ! s'écria-t-elle. Je n'en peux plus.

— Peut-être vaut-il mieux la laisser tranquille, dit Louise avec philosophie. Peut-être préfère-t-elle passer ainsi le reste de son existence sans papa. Pourquoi aurions-nous le droit de décider à sa place ?

— Nous sommes ses filles, et nous ne pouvons la laisser continuer à se détruire de la sorte. Moi, je ne l'abandonnerai pas.

— Alors, trouve une idée pour l'en sortir ! Elle n'accepte aucune de mes suggestions. C'est toi sa préférée. Tu n'as qu'à aller chez elle tous les jours et glisser des comprimés dans son jus d'orange. Pour ma part, j'estime qu'elle a le droit de vivre comme elle l'entend.

— Louise, bon sang, elle se meurt ! s'écria Jan, malheureuse. Tu ne vois pas ce qui lui arrive ? Elle a renoncé à se battre. Elle aurait tout aussi bien pu mourir avec papa.

— Je n'ai pas de solution miracle, Jan. Elle est adulte, et moi, je ne suis pas psychiatre. Et en toute franchise, je n'en peux plus de la voir s'apitoyer sur son sort. C'est affreux, mais elle se plaît à se sentir coupable d'être vivante alors que papa ne l'est plus. Peut-être y trouve-t-elle une satisfaction morbide, après tout.

— Je ne la laisserai pas continuer à se détruire ainsi, s'obstina Jan.

— Tu ne peux pas la contraindre à mener de nouveau une vie normale si elle ne le veut pas, Jan. Pour la première fois, elle mène son existence comme elle l'entend, alors si c'est ce qu'elle souhaite... Au moins, papa n'est plus là pour lui donner des ordres, à présent.

— A t'entendre, on dirait qu'il était un monstre, protesta Jan.

— Il l'était parfois. Avec moi, en tout cas.

Comme à leur habitude, les deux sœurs n'étaient d'accord sur rien.

Une semaine avant Noël, Jack invita Jan et Paul à assister à la traditionnelle réception de Chez Julie. Jan n'était pas d'humeur à s'y rendre, cette année-là. Son mari refusait toujours de prendre rendez-vous avec le spécialiste et elle s'inquiétait pour sa mère. Paul insista cependant, soulignant que son père se vexerait s'il ne faisait pas au moins une apparition à la boutique. Vint le matin de la fête.

— Pourquoi n'irais-tu pas sans moi ? suggéra Jan, qui ne se sentait aucune envie de sortir. J'ai promis à ma mère d'aller la voir cet après-midi, et je serai sûrement encore moins d'attaque après lui avoir rendu visite.

Amanda continuait à glisser vers la mort, et assister à ce spectacle tourmentait Jan, car elle se sentait impuissante à arrêter une telle dérive.

Sous le coup de l'inspiration, Paul proposa :

— Et pourquoi n'amènerais-tu pas ta mère ?

Jan, irritée, le toisa.

— Tu n'as vraiment prêté aucune attention à ce que je te dis depuis un an ? Elle est déprimée, maigrit à vue d'œil, ne voit personne, et reste assise à attendre la mort, bon sang ! Crois-tu qu'elle irait à l'une des sauteries de ton père ? Tu rêves !

— Cela lui ferait sans doute du bien. Demande-le-lui, au moins.

Il eut un sourire malicieux qui donna à Jan l'envie de lui jeter quelque chose à la tête.

— Tu ne connais pas ma mère !

— Propose-le-lui quand même.

— Autant lui demander de se déshabiller et d'aller courir toute nue dans les rues de Bel Air.

— Au moins, ça réjouirait les voisins.

Malgré sa dépression, la beauté d'Amanda demeurait

intacte. Paul avait même été tenté de lui proposer un rôle dans son prochain film, mais il n'avait pas osé demander à Jan ce qu'elle en pensait. Il connaissait d'avance la réponse. Il reprit sur un ton léger :

— En tous les cas, si elle venait, mon père en serait enchanté. Sa présence apporterait un peu de respectabilité à la boutique.

En sortant, il embrassa sa femme, qui, malgré elle, se laissa faire. Elle lui en voulait beaucoup de son refus de voir un spécialiste et pensait maintenant qu'ils n'auraient jamais d'enfants. Elle se sentait presque aussi déprimée que sa mère.

Cependant, lorsqu'elle vit Amanda dans l'après-midi, son cœur se serra. Sa mère, pâle et amaigrie, avait l'air épuisée. On aurait dit que plus rien ne la rattachait à cette terre... Jan mit tout en œuvre, suggéra tout ce qui lui passa par la tête, flatta, implora, menaça, puis assura à Amanda que si elle ne se ressaisissait pas très vite, Louise et elle la traîneraient hors de sa maison.

— Vous, mes filles, vous avez mieux à faire que de vous soucier de moi. Comment s'annonce le nouveau film de Paul ?

Elle changeait toujours le sujet de la conversation. A la fin de l'après-midi, Jan en était si perturbée qu'elle sentit la colère la gagner et elle en avertit Amanda :

— Tu sais, tu me rends folle de rage. Tu as toutes les raisons d'être heureuse, pas de soucis, une jolie maison, deux filles qui t'aiment, et tu te contentes de rester ici à te lamenter sur ton sort et à pleurer papa. N'as-tu donc aucune affection pour nous, maman ? Ne peux-tu songer aux autres ? Tu ne vois donc pas à quel point nous sommes inquiètes ? Seigneur ! Je n'arrive plus à penser à autre chose. A ça, et au fait que je n'aurai jamais d'enfants.

Soudain, elle se mit à pleurer. Sa mère la prit dans ses bras, tout émue, et lui demanda pardon pour le chagrin et l'inquiétude qu'elle leur causait. Le cri du cœur de Jan avait entraîné chez Amanda une réaction de libération, et elle paraissait un peu soulagée.

— Tu ne te maquilles même plus, maman. Tu ne t'habilles plus et tes cheveux sont dans un état lamentable.

Parler enfin en toute franchise fit du bien à la jeune femme, et Amanda se mit à rire avant de se regarder dans un miroir. L'image qu'elle y vit n'avait rien d'agréable ; c'était celle d'une femme encore belle, mais triste, pâle et négligée. Soudain, Jan décida de lui faire part de la proposition de Paul. Elle parla de la fête de Chez Julie, qui avait lieu le soir même. Comme prévu, Amanda se récria :

— Aller là-bas ? Au magasin ? Ce serait de la folie.

— Ce qui est fou, c'est ce que tu t'infliges depuis un an. Voyons, maman, fais-le pour moi. Tu ne rencontreras sans doute personne de connaissance, là-bas. Tu n'as qu'à enfiler une robe, te maquiller un peu et nous irons ensemble. Paul sera si content !

— Je vous emmènerai dîner dehors tous les deux un de ces soirs. Voilà qui lui fera plaisir. Nous irons chez Spago.

— C'est maintenant que je veux que tu viennes avec moi. Tu ne seras pas forcée de rester longtemps. Cinq minutes, c'est tout. Allons, un petit effort... pour moi... pour Lou... pour papa. Il n'aimerait pas te voir ainsi, maman. Je le pense sincèrement.

Elle retint sa respiration. Elle était persuadée que

jamais Amanda ne l'accompagnerait, et pourtant, sa mère demeurait immobile et la regardait, hésitante.

— Tu crois vraiment que ton père attendrait ce geste de moi ?

Jan hocha lentement la tête, surprise de constater l'empire que Matthew gardait sur elle.

— J'en suis certaine, maman.

Alors, faisant demi-tour, Amanda se dirigea vers sa chambre. Jan, stupéfaite, l'y suivit. Sa mère ouvrit un placard, et Jan entendit le bruissement du tissu des robes qu'elle écartait. Cinq bonnes minutes s'écoulèrent avant qu'Amanda n'émerge en brandissant une austère robe noire.

— Que penses-tu de celle-ci ? demanda-t-elle.

Jan écarquillait les yeux, tant elle avait du mal à croire qu'elle était parvenue à arracher sa mère à sa maison et à la tombe de son mari.

— Elle me paraît un peu sévère, non ?

Elle redoutait de décourager Amanda, mais cette robe était par trop lugubre.

— Et pourquoi pas celle-ci ? proposa-t-elle.

Elle désignait une robe pourpre qu'elle savait adorée de sa mère et que son père avait lui aussi beaucoup aimée. Amanda fit un signe de dénégation. Elle sélectionna alors un joli modèle en lainage bleu marine, longtemps trop ajusté, et qui à présent soulignait sa silhouette à la perfection. Cette robe lui donnait une allure plus jeune que la précédente et rehaussait sa distinction naturelle. En l'essayant devant le miroir, Amanda redevint la star qu'elle avait été. Elle choisit une paire d'escarpins marine, des boucles d'oreille en saphir et releva ses cheveux en chignon lisse, la coiffure qu'elle avait adoptée dans la plupart de ses films.

Elle appliqua son maquillage d'une main si légère que c'est à peine si Jan put le détecter.

— Tu devrais peut-être te farder un peu plus, maman, tu ne crois pas ?

Amanda étudia son image, jouant le jeu, puis concéda :

— Juste un petit peu, peut-être. Je ne voudrais pas avoir l'air d'une prostituée.

— Pour y parvenir, cela te demanderait beaucoup de travail, à mon avis, et pour cela, nous n'avons pas le temps ! répliqua Jan, ravie.

Sa mère, telle qu'en elle-même, retrouvait une allure extraordinaire, sans commune mesure avec la femme triste et déprimée qu'elle était devenue sous l'effet du deuil durant cette dernière année.

— Comment me trouves-tu ? s'enquit Amanda, nerveuse. Est-ce bien moi ou ai-je gardé quelque chose de la triste caricature que j'étais, ces temps-ci ?

— C'est bien toi, maman, affirma Jan avec des larmes de reconnaissance envers le destin qui avait enfin convaincu sa mère de s'arracher à sa tristesse. Si tu savais comme je t'aime...

Elle la serra dans ses bras. Amanda se moucha discrètement, retoucha son rouge à lèvres d'une main experte avant de rassembler les quelques objets dont elle aurait besoin dans une pochette marine, puis elle se tourna vers sa fille et l'étudia avec admiration. Jan portait une robe en lainage rouge qu'elle mettait toujours pour Noël. Debout, à côté l'une de l'autre, ainsi vêtues de rouge et de bleu, elles auraient presque pu passer pour deux sœurs.

— Tu es exceptionnelle, Jan, et moi aussi, je t'aime, murmura Amanda, tandis qu'elles se dirigeaient vers la porte. Nous ne resterons pas longtemps, n'est-ce pas ? Pas plus de quelques minutes ?

Elle prit dans le placard de l'entrée un manteau de vison qu'elle n'avait pas remis depuis la mort de son mari, mais refusa de s'attarder sur une telle pensée. Si elle acceptait de sortir, c'était pour faire plaisir à sa fille.

— Je te ramènerai chez toi dès que tu le voudras, maman, assura Jan. Je te le promets.

— Dans ce cas, allons-y.

Amanda paraissait étonnamment jeune et vulnérable alors qu'elle emboîtait le pas à sa fille. Au moment de franchir le seuil, elle jeta un coup d'œil par-dessus son épaule comme pour prendre congé de quelqu'un qui n'était plus là, puis referma en douceur la porte derrière elle.

3

Les préparatifs pour la réception offerte à la boutique avaient commencé dès l'aube. Des guirlandes festonnaient les portes et des couronnes ornaient chaque vitrine. La fermeture eut lieu à quatre heures juste. Toutes les décorations du superbe sapin étaient argentées, et Jack fut très satisfait en le découvrant.

— Je sais que l'on ne tient plus l'arbre de Noël pour « politiquement correct », mais moi, je l'adore. Et celui-ci est d'une grande beauté.

Où qu'il portât le regard, tout étincelait dans la salle. On avait dressé trois tables, et les caisses de champagne attendaient au froid dans la cuisine. Quatre musiciens mettraient de l'ambiance. Deux cents personnes étaient invitées. Ce serait une soirée très privée, réservée à leurs meilleurs clients et à un certain nombre de personnalités dont on était sûr qu'elles se déplaceraient. Même les célébrités qui évitaient de se montrer en public ne manquaient jamais les fêtes de Jack. Tout le monde éprouvait de la sympathie pour lui et appréciait les réceptions de Chez Julie.

— Eh bien, Gladdie, qu'en pensez-vous ? demanda-t-il

en jetant un dernier coup d'œil circulaire avant d'aller se changer.

Pour l'occasion il avait acheté un nouveau complet chez Armani.

— C'est superbe, Jack, vraiment superbe, assura-t-elle, éblouie par le raffinement de la décoration.

Elle adorait ses fêtes, qui étaient toujours réussies.

— Surveillez ce qui se passe à ma place. Je monte me changer.

Il s'engouffra dans l'ascenseur. Vingt minutes plus tard, il était de retour, aussi élégant que s'il posait pour la couverture d'une revue telle que *Gentleman's Quarterly*. Son complet bleu foncé n'avait rien d'austère, et il le portait avec l'aisance d'un mannequin professionnel.

— Très chic, commenta Gladdie à voix basse quand il vint la rejoindre. Vous êtes irrésistible. Serez-vous accompagné, ce soir ? demanda-t-elle avec intérêt.

La dernière starlette avec qui il était sorti avait quitté sa vie plusieurs semaines auparavant, et elle savait qu'il avait maintenant des vues sur un célèbre top-model.

— J'aurai au moins une dizaine de cavalières ! affirma-t-il en riant. Malheureusement, Starr est partie pour Paris ce matin, mais elle m'a recommandé d'inviter sa sœur.

— C'est très généreux... ou très imprudent de sa part, déclara Gladdie avec un petit sourire.

— Je crois qu'elle a un ami à Paris.

Il sourit à son tour, satisfait de la vie et surtout de ne pas avoir de contraintes, ce qui lui convenait à merveille.

— Vos enfants vont-ils venir ce soir ? s'informa Gladdie en prenant une coupe de champagne.

Déjà, les premiers invités franchissaient les portes.

Elizabeth Taylor venait d'arriver avec Michael Jackson, et Barbra Streisand, accompagnée d'un acteur, les suivait de près.

— Ils ont promis d'essayer, répondit Jack d'un ton absent, avant de se porter à la rencontre des invités.

Une demi-heure plus tard, la fête battait son plein. La musique contribuait à l'atmosphère joyeuse, et les célébrités affluaient, tandis qu'à l'extérieur les photographes guettaient l'occasion de les saisir au passage, puisque Jack leur refusait l'accès du magasin. Ce dernier tenait à ce que chacun puisse se détendre et profiter de la réception, sans avoir à craindre les clichés indiscrets ou les journaux à scandale.

Il était près de sept heures quand la voiture de Jan et d'Amanda s'arrêta devant la porte. Jan tendit ses clés au voiturier, et précéda sa mère pour entrer Chez Julie. Elle redoutait depuis un moment qu'Amanda ne s'affole et ne change d'avis, ce qui faillit d'ailleurs arriver par la faute des photographes qui les assaillaient. Jan réussit tout de même à entraîner rapidement sa mère dans la boutique. Une fois à l'intérieur, Amanda parut soudain à bout de souffle et comme égarée. Tout était si étincelant, joyeux et animé... Elle reconnaissait des visages familiers, et deux actrices avec qui elle avait tourné des années auparavant se précipitèrent sur elle pour l'embrasser. Il était manifeste qu'elles étaient ravies de la revoir et voulaient savoir ce qui lui était arrivé. Elle trouva la force de leur parler de Matt, puis leur confia que c'était sa première sortie depuis la mort de son mari. A quelques pas de là, Jan vit avec fierté que sa mère s'en tirait bien, et partit saluer sa belle-sœur Julie.

Jack, qui s'entretenait alors avec un vieil ami à

l'autre bout de la pièce, découvrit leur présence avec stupéfaction.

— Incroyable… murmura-t-il, avant de s'excuser pour aller souhaiter la bienvenue à Jan. Serais-tu surprise si je te disais que je suis suffoqué ? chuchota-t-il à sa belle-fille, en jetant un coup d'œil dans la direction d'Amanda.

Jan se mit à rire et répondit sur le même ton :

— Pas autant que moi ! Voilà un an que j'essaie de la tirer hors de chez elle. C'est la première fois qu'elle consent à sortir depuis la mort de papa, et c'est sans doute aussi sa première soirée depuis qu'elle a quitté le monde du cinéma.

— J'en suis très honoré, dit-il en toute franchise.

Il attendit qu'Amanda ait terminé sa conversation, puis s'approcha d'elle pour la remercier de sa venue.

— Chez Julie ne sera plus jamais pareil après cela, affirma-t-il avec le sourire. Vous nous apportez enfin le cachet qui nous manquait.

Bien qu'il eût dit cela pour la taquiner un peu, il exagérait à peine.

— Permettez-moi d'en douter, Jack, répondit-elle. Je suis contente de vous voir. C'est une fête très réussie. J'y ai déjà retrouvé plusieurs amies de longue date.

— Je suis sûr qu'elles se réjouissent de votre retour. Il faudra que vous veniez plus souvent chez nous, à présent. Nous organiserons une réception en votre honneur chaque fois que vous viendrez ici.

Il paraissait d'excellente humeur, aussi Amanda accepta-t-elle la coupe de champagne qu'il prit au passage sur le plateau d'un serveur. Jack nota que la main qu'elle tendait tremblait de manière imperceptible. Pourtant, elle ne laissait paraître aucun autre signe de tension. Elle avait gardé la maîtrise d'une grande professionnelle, et à la différence de certains de ses anciens partenaires à l'écran, elle avait su rester à la fois belle et distinguée.

— Vous êtes extraordinairement belle, Amanda, remarqua-t-il.

Il ne voulait pas se montrer trop entreprenant, mais il était impossible de rester insensible à son allure, même au milieu d'une foule de vedettes. Sa robe de lainage marine, admirablement coupée, et ses boucles d'oreille en saphir tranchaient de façon spectaculaire par leur sobriété sur les paillettes et satins brillants des tenues des autres invitées. Par politesse, Jack lui demanda :

— Vous allez mieux ?

Elle hésita un instant, avant de répondre de façon sincère :

— L'année a été plutôt dure. A la réflexion, j'ai de la chance d'y avoir survécu.

— Je suis passé par là, moi aussi, jadis, avoua-t-il, pensif.

Une fois encore, Amanda lui rappelait Dori. La ressemblance tenait davantage aux circonstances qu'à leur physique. Mais peut-être s'agissait-il simplement d'une impression.

— Je croyais que vous aviez divorcé ? s'étonna Amanda.

Un peu partout dans la salle, des gens la dévisageaient ou la montraient discrètement du doigt… « Vous avez vu là-bas ?… C'est Amanda Robbins… Est-elle en tournage ? On ne l'avait pas vue depuis des années… Elle est fabuleuse ! Croyez-vous qu'elle ait fait un lifting ? Toujours aussi superbe… »

Les rumeurs allaient bon train, mais Amanda n'en avait pas conscience. Sa présence, son assurance étaient impressionnantes. Et dans son costume sobre, près d'elle, Jack avait l'air de lui servir de cavalier.

— En effet, j'ai divorcé, expliqua-t-il, mais il y a treize ans, j'ai perdu une amie très proche. Même si ce n'est pas comparable à l'épreuve que vous venez de traverser, ce fut difficile à vivre. Elle comptait beaucoup pour moi.

— J'en suis désolée pour vous, compatit Amanda avec douceur.

Son regard rencontra celui de Jack, et une étincelle jaillit entre eux, qui l'effraya presque quand il s'en rendit compte. Ainsi, sous cette apparente froideur, Amanda cachait un ascendant puissant. Et chose curieuse, après une année de tourments, elle lui paraissait bien plus vivante que du temps où elle accompagnait Matthew. Cependant, avant qu'il ait pu reprendre le fil de la conversation, il fut appelé pour régler un détail concernant la liste des invités. Deux acteurs célèbres, qui n'avaient pas été conviés, venaient de se présenter à la porte. Jack recommanda aux responsables de la sécurité de les laisser entrer, puis Gladdie vint le consulter pour résoudre une autre difficulté. Pendant son absence, Jan revint auprès de sa mère.

— Comment te sens-tu, maman ? Tout va bien ?

La jeune femme espérait qu'Amanda ne demanderait pas à repartir tout de suite. Elle estimait bénéfique pour sa mère de passer un peu de temps hors de chez elle. En outre, la soirée était une vraie réussite.

— Je vais très bien, ma chérie. Merci de m'avoir amenée. Voilà des années que je n'avais vu tous ces gens, et Jack s'est montré très aimable.

Elle semblait vouloir se faire pardonner d'avoir tant médit de lui depuis trois ans. Il est vrai qu'il lui semblait bien plus digne d'attention qu'auparavant. Elle n'aurait pas aimé l'admettre, mais elle le trouvait presque sympathique.

— Quand attends-tu Paul ? reprit-elle.

— D'une minute à l'autre, j'espère. Il était en réunion.

Peu après, Gladdie vint avertir Jan qu'on la demandait au téléphone. C'était son mari. Bien que la réunion ne fût pas terminée, il promettait de passer à la boutique.

— Tu ne devineras jamais qui est ici, lui lança Jan d'une voix gaie et mutine.

Il sourit en l'entendant, heureux de constater qu'elle était de meilleure humeur que d'habitude. La tension entre eux n'avait cessé de croître et de peser sur leurs relations.

— Connaissant mon père, ce pourrait être n'importe qui... Tom Cruise... Madonna...

— Encore mieux que ça ! Amanda Robbins.

— Tu es parvenue à la décider ? Bravo, ma chérie ! Je suis fier de toi. Comment s'en tire-t-elle ?

— Elle connaît presque tout le monde ici, et elle est superbe. Un coup de peigne, un peu de maquillage, et hop ! comme par magie, voilà la star de retour. Je voudrais bien avoir hérité de son physique.

— Tu la bats à plates coutures, mon amour. Ne l'oublie jamais.

— Je t'adore, souffla-t-elle, touchée par sa réaction, sincère ou non.

— Tâche de maintenir mon père à distance, si elle est vraiment en beauté. Voilà une complication dont nous n'avons pas besoin. S'il essayait de flirter avec elle, elle ne me le pardonnerait jamais, et toi non plus !

— Je ne crois pas que nous courions le moindre danger de ce côté-là, dit Jan en riant. Il y a un monde fou et il est très occupé. Il y a même des célébrités qui veulent forcer la porte.

— Des femmes, je parie. Le pauvre, elles vont sans doute lui arracher ses vêtements et le dévorer vivant ! La vie est dure pour certains d'entre nous. Je reconnais bien là mon père, tiens. Enfin, ma chérie, j'arrive aussi vite que je peux. Attends-moi là-bas, surtout. Je te rappelle juste avant de sortir du bureau.

— A tout à l'heure.

C'était la première fois depuis des semaines qu'ils avaient une conversation détendue. Quand Jan se remit en quête de sa mère, elle la vit qui s'entretenait à nouveau avec Jack et décida de les laisser tranquilles. Ce ne serait pas une mauvaise chose s'ils se liaient d'amitié, en fin de compte, et s'ils cessaient de se montrer aussi critiques l'un envers l'autre. D'ailleurs, de loin, la jeune femme voyait que sa mère souriait et que Jack paraissait très empressé auprès d'elle.

En réalité, il parlait à Amanda des voyages qu'il effectuait en Europe pour acheter des modèles, et précisait pourquoi il détestait Milan et adorait Paris. Puis ils échangèrent des souvenirs de séjours au Claridge, à Londres. Comme ils étaient en excellents termes, Jan partit bavarder avec une connaissance, et une heure s'écoula avant que Paul ne la rappelle. Cette fois, il semblait à bout ; la réunion ne s'était pas bien déroulée, et en sortant il avait découvert que sa voiture avait été embarquée à la fourrière. Pour se rendre à la boutique, il ne lui serait resté d'autre moyen que de prendre un taxi, mais il préférait que Jan vienne le chercher ; en échange, il proposait de l'emmener dîner dehors. Il était trop tard pour qu'il assiste à la fête.

— Tu oublies ma mère ? Je ne peux tout de même pas la laisser ici, objecta Jan, inquiète.

— Pourquoi ne pas demander à mon père de la mettre dans un taxi ? Il a peut-être même une ou deux limousines à sa disposition. Il en loue souvent pour pouvoir proposer une voiture à ses invités de marque. Va donc lui poser la question !

— D'accord, je vais voir. Si ma mère n'accepte pas, je te rappelle, car dans ce cas il faudra que je la raccompagne. Autrement, je te retrouve dans dix minutes.

— Viens vite, dit-il d'un ton ferme. J'ai passé un après-midi épouvantable, et j'ai besoin de te voir.

Jan se réjouissait également à l'idée d'un dîner tranquille, si sa mère acceptait que Jack la fasse reconduire.

Quand elle les retrouva, toujours en tête à tête dans un coin de la salle, elle leur expliqua la situation, et durant un instant, sa mère parut affolée. Avant même qu'Amanda ait pu protester, Jack intervenait :

— Paul a raison. J'ai deux voitures disponibles, juste devant la porte. Dès que ta mère voudra rentrer, je la ferai raccompagner. Cela vous convient-il ? ajouta-t-il en se tournant vers Amanda.

Bien qu'encore surprise par la nouvelle situation, celle-ci ne voulut pas être un fardeau pour sa fille, aussi se contenta-t-elle de dire :

— Je… Cela m'ira très bien… En réalité, vous n'êtes pas obligé de vous donner cette peine, Jack, je peux prendre un taxi. Nous ne sommes qu'à un saut de puce de Bel Air. J'appellerai une voiture.

— Non, répliqua-t-il d'une voix calme et déterminée, vous rentrerez en limousine. Vous n'allez pas courir de risque en prenant un taxi à une heure pareille.

Amanda rit de son ton décidé, puis, touchée de sa prévenance, elle accepta la limousine. Comme elle parlait d'un départ prochain, il se montra si déçu qu'elle en fut embarrassée et voulut bien rester encore un peu.

D'ailleurs, elle passait un agréable moment. Comme Matthew détestait les réceptions, ils n'étaient presque jamais sortis. Jan l'embrassa et lui dit au revoir avant d'aller récupérer sa voiture pour rejoindre Paul, puis Jack s'occupa d'Amanda, veillant à ce que son verre soit plein et qu'on lui offre des canapés, avant de la présenter à ses amis, afin qu'elle se sente tout à fait à l'aise parmi eux. Au bout d'un long moment, elle ressentit un choc quand elle s'aperçut qu'elle faisait partie des derniers invités. Il était déjà vingt heures trente.

— Je suis honteuse... Vous allez devoir me chasser pour vous débarrasser de moi ! s'excusa-t-elle.

Comme elle lui tendait la main, il insista pour la raccompagner lui-même en limousine.

— Ne faites pas l'enfant, Amanda, cela ne me dérange pas du tout. Nous appartenons à la même famille, après tout, et par ailleurs, je trouve agréable de pouvoir bavarder avec vous, après toutes ces années. Cela me fait plaisir !

Amanda ne put le convaincre de la laisser rentrer seule, et il donna à Gladdie ses dernières instructions avant de partir. La soirée s'achevait et les amis avec lesquels il avait prévu de dîner étaient déjà au restaurant. Il leur avait dit qu'il les rejoindrait peut-être, mais que mieux valait ne pas trop compter sur lui. Une fois dans la voiture, alors qu'ils remontaient Rodeo Drive, Jack demanda à Amanda si elle accepterait de s'arrêter en route, le temps de manger quelque chose et d'en profiter pour parler de leurs enfants. Elle hésita, persuadée qu'il serait plus raisonnable de rentrer. D'un autre côté, elle n'avait plus à justifier ses allées et venues devant personne, et elle avait un peu faim. De plus, Jack avait raison sur un point : elle s'inquiétait au sujet de Jan et de Paul, et elle se demandait si de son côté il avait remarqué une tension entre eux. Peut-être était-ce la raison de son invitation à dîner. Elle le remercia et accepta l'offre avec reconnaissance.

Il demanda au chauffeur de les conduire à l'Ivy, sur North Robertson Boulevard, et, comme il y était connu, on lui donna une table dans un coin tranquille. Le journaliste George Christy était là, lui aussi, avec un groupe d'amis. Il salua Jack de la main et ouvrit des yeux ronds quand il le vit accompagné d'Amanda Robbins.

Amanda et Jack commandèrent des pâtes et de la salade, puis il engagea la conversation sur des sujets agréables. Comme plus tôt à la boutique, il parla voyages, art, littérature et théâtre. Il connaissait beaucoup de choses et se montrait un interlocuteur spirituel. Amanda se rendit très vite compte qu'il n'était pas simplement le don Juan qu'elle avait imaginé. Enfin, alors qu'on les servait, il aborda la question de leurs enfants.

— Pensez-vous qu'ils s'entendent bien ?

Quoiqu'il eût fait preuve d'une grande aisance, elle le sentait préoccupé. Ils pouvaient maintenant aborder ensemble tous les sujets.

— Je l'ignore, répondit-elle en toute honnêteté. Je me fais du souci pour eux depuis quelque temps, et je me rends compte que je n'ai pas été d'une grande aide pour Jan. J'ai passé l'année repliée sur moi-même, et à présent j'ai le sentiment d'avoir manqué à mes devoirs de mère en ce qui la concerne.

— C'est faux, dit-il avec gentillesse ; vous aviez besoin de temps pour vous reprendre, et l'on n'est pas toujours disponible. Je suis certain qu'elle l'aura compris... C'est quelqu'un de fantastique. J'espère simplement que Paul la traite bien. Elle n'a pas l'air heureuse.

Amanda poussa un soupir; il lui déplaisait de dévoiler une confidence de sa fille, mais elle avait envie de partager ce qu'elle savait avec le père de Paul. Ils avaient là une occasion rêvée de rendre service à leurs enfants.

— Je ne voudrais pas trahir un secret, Jack, mais je crois que Jan est très perturbée de ne pas avoir d'enfant.

— Je pensais bien que c'était cela, dit-il, soucieux, en regardant Amanda. Ont-ils vraiment envie d'en avoir un? Paul ne se confie jamais à moi dans ce domaine.

— Si j'ai bien compris, ils essaient depuis deux ans. Il y a de quoi se décourager.

— Ce peut être aussi très amusant, simple question de point de vue, riposta-t-il avec humour.

Amanda ne put s'empêcher de rire, puis ils reprirent leur sérieux.

— Ils n'ont pas l'air de s'amuser beaucoup, constata-t-elle. Cela dit, ce soir Jan avait l'air d'aller beaucoup mieux que tous ces derniers temps. C'est avec l'impatience d'une jeune fille amoureuse qu'elle est partie chercher Paul.

— Il est possible qu'elle soit simplement soulagée de voir que vous allez mieux, remarqua-t-il avec délicatesse.

Amanda approuva :

— Peut-être bien. La dernière fois que nous avons évoqué le problème, elle voulait que Paul voie un spécialiste, et il s'y refusait.

— Alors, ils ont des problèmes. Croyez-vous qu'il y soit allé entre-temps?

— Pas à ma connaissance, mais elle, oui.

— Et alors ?

— Je n'ai pas su les détails, admit Amanda, mais ils n'attendent toujours pas d'enfant. Du moins, elle ne m'en a pas parlé.

— Ils nous l'auraient annoncé, si cela avait marché. C'est préoccupant. Je l'ai taquiné de temps à autre sur ce sujet, imbécile que je suis... et maintenant, je vois que je n'aurais pas dû. Je me demande si je parviendrai à aborder le sujet avec lui, conclut-il, songeur.

— Il me semble qu'il s'inquiète beaucoup à propos de son film, suggéra Amanda.

Au cours des trois dernières années, elle avait appris à apprécier Paul, tout comme Jack avait accepté sa fille. Les jeunes gens formaient un couple attachant.

— Paul s'inquiète pour tout, objecta Jack en fronçant les sourcils. C'est dans son caractère, et c'est aussi l'une des raisons de sa réussite dans ce métier. Un jour, il sera l'un des décideurs avec qui il faudra compter. Au contraire de son père, qui a produit quelques-uns des plus mauvais films de tous les temps. Seuls ceux où j'ai joué sont pires. J'ai beaucoup plus de flair en matière de vêtements féminins.

— Je suis sûre que vous péchez par modestie en ce qui concerne vos films, protesta Amanda en riant.

Elle lui confia alors combien elle avait apprécié la boutique :

— Elle est magnifique, Jack. Je reviendrai un après-midi pour y faire des achats.

A sa grande surprise, elle découvrait que Jack était sympathique. Intelligent, averti, c'était aussi un compagnon spirituel, et avec lui, la soirée avait passé très rapidement. A la sortie du restaurant, il lui promit de conseiller à Paul d'aller voir un spécialiste avec Jan.

— Il n'appréciera peut-être pas que je m'en mêle, mais je vais tout de même aborder la question avec lui.

— Je vous en serais très reconnaissante, dit-elle alors qu'ils remontaient dans la limousine.

— Je vous tiendrai informée du déroulement de cet entretien. Songez que si nous nous y prenons bien, nous pourrions devenir grands-parents d'ici l'an prochain, à la même époque. Voilà qui donne à réfléchir. J'aurai soixante ans tout de suite après Noël. Un tel virage est assez angoissant, sans qu'il soit besoin d'y ajouter la menace de petits-enfants. C'est suffisant pour me faire perdre ma réputation.

Amanda fut amusée de l'entendre plaisanter ainsi, mais il redevint grave quand il évoqua à nouveau Dori, l'importance du rôle qu'elle avait tenu dans sa vie et sa décision de ne plus s'impliquer depuis dans une relation suivie avec une femme.

— C'est trop dur, lui dit-il en toute franchise. Je ne veux plus jamais aimer quelqu'un aussi profondément, à l'exception de mes enfants. Quand les femmes qui passent dans ma vie me quittent, je veux pouvoir les saluer de la main et les oublier aussitôt, ne pas pleurer deux ans, ne pas penser à elles avec tristesse jusqu'à la fin de ma vie. Je ne peux me résoudre à recommencer.

— Peut-être n'avez-vous pas encore rencontré celle qui vous la fera oublier, dit Amanda, dont la voix s'adoucit en pensant à Matthew.

Comme elle ne se voyait pas tomber amoureuse de quelqu'un d'autre, elle non plus, elle le lui confia.

— La situation est différente pour vous, remarqua-t-il avec bon sens. Vous êtes demeurée mariée avec le même homme durant vingt-six ans. Vous n'avez pas gaspillé vos chances en courant un peu partout, comme je l'ai fait. Je m'amusais, et je ne cherchais pas plus loin. Vous, vous êtes faite pour partager à nouveau la vie de quelqu'un, car vous appréciez la vie de couple, mais regardez d'abord un peu autour de vous. Vous êtes restée coupée du monde très longtemps. Vous pourriez découvrir que vous l'appréciez, acheva-t-il à voix basse.

— J'en doute, répondit-elle sans détour. Je n'imagine pas que je puisse me laisser à nouveau courtiser par un homme, Jack. Pas après toutes ces années. Je crois que j'ai dépassé cela.

— On ne sait jamais ce que la vie vous réserve, ni qui l'on rencontrera. Parfois, l'existence vous offre un cadeau de manière imprévue — à moins qu'elle vous donne un grand coup de pied quelque part ; c'est tout l'un ou tout l'autre ! De toute façon, ce n'est jamais ce à quoi l'on s'attendait.

Elle acquiesça en souriant, car ses paroles avaient un fond de vérité, puis elle se tourna vers lui pour demander :

— Comment était la mère de Paul ?

Elle l'avait simplement aperçue au mariage ; l'agitation ambiante, la foule des invités et le nombre de détails urgents à régler ne lui avaient pas laissé le temps de s'en faire une idée.

— Barbara ? s'étonna-t-il, car la question le prenait au dépourvu. C'était un monstre. En réalité, c'est elle qui m'a dégoûté du mariage, et je suis certain que si vous l'interrogiez, elle vous en dirait autant à mon propos. Je ne me souviens presque plus de notre vie commune, et c'est fort heureux. Elle m'a quitté voilà dix-neuf ans, et l'an prochain, j'envisage de célébrer mes vingt ans d'indépendance.

A peine eut-il achevé qu'ils éclatèrent de rire.

— Jack, vous êtes aussi incorrigible qu'irrespectueux. Je parie que si la femme de vos rêves passait maintenant devant vous, vous l'épouseriez en un rien de temps. L'ennui, c'est que vous êtes trop occupé à séduire les starlettes et les mannequins pour la trouver.

— Comment le savez-vous ? dit-il, feignant l'innocence.

— Je lis la presse, rétorqua-t-elle, sûre de son fait.

Il eut la bonne grâce de prendre un air contrit durant un instant.

— Quoi qu'il en soit, je puis vous assurer que si je rencontrais la femme idéale, je me dirigerais tout droit vers le gratte-ciel le plus proche et je me jetterais aussitôt dans le vide. J'ai été échaudé. En toute honnêteté, Amanda, je ne pourrais pas recommencer.

— C'est ce que j'éprouve, moi aussi, même si c'est pour d'autres raisons. De toute manière, ce n'est pas un problème pour moi en ce moment, déclara-t-elle, alors qu'ils arrivaient devant sa porte. J'ai passé une soirée très agréable, Jack, et je vous remercie d'avoir pris soin de moi aussi gentiment et de m'avoir emmenée dîner pour parler des enfants.

A ces mots, il eut l'air un peu surpris, mais il acquiesça et lui sourit.

— Je vous appellerai pour vous tenir au courant de ce que Paul m'aura dit, réaffirma-t-il.

Sur un ultime remerciement, Amanda ouvrit sa porte, entra et referma derrière elle. Elle entendit la limousine s'éloigner, au moment où elle allumait les lumières, et fut surprise de constater à quel point elle s'était trompée à propos de Jack. C'était un coureur de jupons, il n'en faisait pas mystère, et pourtant, sa personnalité était beaucoup plus riche qu'elle ne l'avait cru. Elle le trouvait aussi attendrissant qu'un enfant qui aurait fait les quatre cents coups, mais dont le regard désemparé donnerait envie de le serrer contre son cœur. Durant une fraction de seconde, elle crut entendre retentir un signal d'alarme. Des hommes tels que Jack représentaient un danger, même pour les veuves atteignant la cinquantaine, et cependant, elle avait l'impression de n'avoir rien à craindre de lui. Il avait une ribambelle de jolies filles à sa disposition, et elle et lui n'avaient en commun que leurs enfants.

Pourtant, au même instant, tandis que Jack retournait à Rodeo Drive afin de s'assurer que la boutique avait été bien fermée, il se carrait sur le siège arrière de la voiture et fermait les yeux, et la seule image qui lui venait à l'esprit était celle d'Amanda.

4

Amanda n'eut plus de nouvelles de Jan durant quelques jours, mais une semaine après la réception, Jack l'appela. Désireux de discuter avec elle, il l'invitait à venir à la boutique pour déjeuner avec lui dans son bureau. Elle accepta sans hésiter, persuadée qu'il voulait lui apprendre du nouveau sur leurs enfants.

Dès son arrivée, il l'emmena à l'étage et la fit entrer dans la salle de réunion, voisine de son bureau, où la table avait été couverte d'une nappe blanche amidonnée et de serviettes assorties. On les laissa seuls déguster du caviar, puis une salade de crabe, le tout accompagné de champagne — un déjeuner très raffiné.

— C'est là votre menu habituel ? lui demanda-t-elle d'un ton ironique.

Il répondit qu'il ne s'attablait ainsi que les jours où il voulait impressionner l'un de ses invités.

— Alors considérez-moi comme une invitée impressionnée, car d'ordinaire, je déjeune d'un vulgaire yaourt.

— Eh bien, cela vous réussit, car vous avez une ligne extraordinaire, Amanda.

Elle rougit, puis ils abordèrent les problèmes de leurs

enfants. Jack lui apprit qu'il avait déjeuné avec Paul, et qu'il l'avait insensiblement amené sur le sujet. Il lui avait alors demandé pourquoi sa femme et lui n'avaient pas encore d'enfant, et Paul lui avait donné avec franchise une explication voisine de celle fournie par Amanda. Son fils avait admis qu'il ne souhaitait pas voir de médecin. Il trouvait embarrassant d'aborder devant autrui une question qui mettait sa virilité en doute. Toutefois, après leur conversation, et bien qu'il n'en eût guère envie, Paul avait accepté le principe d'une consultation en compagnie de Jan, aussitôt après Noël.

— J'estime que nous avons accompli notre mission, conclut Jack. Nous avons franchi la première étape, en tout cas ; l'opération « petit-fils » vient d'être lancée.

Heureusement surprise des excellents résultats qu'il avait obtenus, ravie qu'il ait pris les choses assez à cœur pour s'investir dans cette affaire, Amanda se cala sur sa chaise et lui adressa un grand sourire.

— Jack, vous êtes étonnant. Je n'arrive pas à le croire. Voilà un an que la pauvre Jan le supplie de se soumettre à des examens et qu'il refuse.

— Il a certainement eu peur de ma réaction. Je l'ai menacé de le déshériter s'il ne faisait rien.

Il lui sourit à son tour, enchanté de voir qu'elle éprouvait pour lui tant de reconnaissance.

— Mes remerciements sont sincères, Jack. Ma petite Jan désire tant avoir un bébé !

— Que croyez-vous qu'il arrivera s'ils n'y parviennent pas ?

Il avait l'air inquiet, et de son côté, Amanda se tourmentait depuis que Jan lui avait appris le refus de Paul d'envisager l'adoption.

— J'imagine qu'il leur faudra procéder par étapes,

dit-elle. Ils devraient essayer d'adopter un enfant, si elle ne parvient pas à en concevoir un, bien que j'aie peine à croire qu'aucune des méthodes pour lutter contre la stérilité ne puisse leur venir en aide. Je suis persuadée qu'avec un peu de patience, cette affaire se terminera bien.

— Tout paraît compliqué, de nos jours, vous ne trouvez pas ? Quand j'étais jeune, si un garçon avait de la chance, il lui fallait six mois pour convaincre une fille de passer sur la banquette arrière de la voiture de son père, et on avait l'impression qu'une simple poignée de main suffisait pour qu'elle tombe enceinte. A présent, tout le monde a l'air de suivre un traitement contre la stérilité et d'avoir recours à l'assistance médicale. Il est certain que cela retire une grande partie du plaisir que l'on attend des relations avec une femme.

A ces mots, Amanda éclata de rire. Il était vrai qu'au cours de son mariage avec Matt, elle avait souvent redouté de se retrouver enceinte. Il ne lui restait plus qu'à souhaiter que Paul et Jan aient enfin la chance d'attendre un enfant.

— Je vous tiendrai au courant si j'apprends du nouveau, lui promit Jack.

— Je ferai de même, assura-t-elle.

Il lui proposa alors de faire le tour de la boutique. Elle céda à l'envie d'essayer quelques vêtements, aussi la confia-t-il à son directeur adjoint et à leur meilleure vendeuse. Elle remonta deux heures plus tard dans son bureau pour le remercier.

Il se leva dès qu'elle entra et lui demanda :

— Vous vous êtes bien amusée ?

Elle avait l'air heureuse et détendue, après avoir passé en revue les tentations de Chez Julie.

— Je me suis beaucoup amusée, en effet, et j'ai

acheté une demi-douzaine des superbes maillots de votre ligne « croisière », pour l'été prochain.

Elle avait été séduite aussi par plusieurs belles chemises de nuit, une robe et un sac noir en crocodile.

— J'ai pris tout ce qui me tombait sous les yeux, ajouta-t-elle, un peu embarrassée. Je n'ai jamais commis de telles extravagances de toute ma vie, mais j'avoue que j'y ai pris un plaisir extrême.

Elle rit en avouant sa faiblesse, et Jack fut frappé de sa beauté ; il se demanda s'il ne pourrait pas l'inviter à dîner.

— Aimez-vous la cuisine thaïlandaise ? l'interrogea-t-il à brûle-pourpoint.

— Pourquoi ? Vous vendez aussi des plats thaïlandais ? Y aurait-il un rayon traiteur qui ait échappé à mon attention ?

Et comme elle riait à nouveau aux éclats, elle lui parut séduisante, jeune et heureuse.

— Eh bien, oui. Je vais vous montrer où nous les conservons, dit-il d'un ton persuasif. On les stocke dans un autre de nos points de vente, et pour y parvenir, il faut que vous montiez dans ma voiture.

— Ah ! quel effroyable menteur vous êtes, Jack. Vous êtes en train d'essayer de me kidnapper afin d'obtenir une rançon, je le sens.

— Quelle excellente idée ! s'exclama-t-il en riant avec elle. Quelles sont mes chances ?

— Maintenant ? Ce soir ?

Il était déjà dix-sept heures trente, mais la boutique demeurait ouverte jusqu'à vingt et une heures, afin que les clients puissent faire leurs achats de Noël.

— Vous m'avez invitée à déjeuner aujourd'hui ; vous n'êtes donc pas tenu de m'inviter ce soir aussi. J'ai une autre idée. Pourquoi ne feriez-vous pas un saut chez moi, un peu plus tard ? Je vous préparerais à dîner. Rien d'extraordinaire — à la fortune du pot.

— J'en serais ravi, dit-il en promettant aussitôt d'être chez elle à sept heures pour l'aider.

A peine fut-elle partie qu'il téléphona pour annuler un rendez-vous pris depuis des semaines pour la soirée. Il prétendit avoir la grippe, mais la jeune femme qu'il appelait se mit à rire. Elle le connaissait mieux qu'il ne le croyait.

— Comment s'appelle-t-elle ? demanda-t-elle pour le taquiner.

— Pourquoi crois-tu qu'il s'agit d'une autre femme ?

— Parce que tu n'es pas homosexuel et que tu n'as sans doute pas eu la grippe depuis l'âge de deux ans. A t'entendre, tu as l'air en parfaite santé, Jack... Bonne chance avec Miss Machintrucchouette...

Il savait qu'elle voyait également quelqu'un d'autre, et il lui fut reconnaissant de se montrer aussi compréhensive.

Il arriva à la porte d'Amanda à sept heures précises. Elle portait un pantalon gris et un twin-set bleu pâle, avec un rang de perles, et si elle n'avait eu un tablier, on l'aurait prise pour une jeune fille de bonne famille.

— Vous donnez là une belle image de la femme au foyer, commenta-t-il, tout en posant sur une table une bouteille de vin d'un grand cru.

La remarque la fit rire.

— Je l'espère bien, après vingt-six ans de mariage.

— Vous savez, je ne vous avais encore jamais imaginée en femme d'intérieur, avoua-t-il alors qu'il la suivait dans la cuisine et qu'elle le remerciait pour la bouteille. Je n'ai jamais vu en vous que la star de cinéma. Il est difficile d'oublier combien vous avez été célèbre.

Vous n'avez d'ailleurs pas changé, et dans mon esprit, vous êtes demeurée Amanda Robbins.

— Même si beaucoup continuaient à me donner ce nom, Matt détestait qu'on m'appelle ainsi, dit-elle sobrement.

— Est-ce la raison pour laquelle vous n'avez jamais recommencé à tourner ? demanda-t-il, curieux.

— Sans doute. Matt ne m'aurait de toute façon jamais laissée retourner sur un plateau. Nous en avons beaucoup parlé avant de nous marier. Je n'étais pas depuis longtemps dans le métier, à l'époque, et cependant, j'étais déjà prête à renoncer... à mener une existence plus intéressante... auprès d'un homme que j'aimerais et de nos enfants.

— Est-ce que cela a été une meilleure vie ? Avez-vous été heureuse ? insista-t-il sans la quitter des yeux.

— J'ai beaucoup aimé pouvoir élever mes filles et vivre auprès de Matt. Ce fut une forme d'existence très satisfaisante, admit-elle, l'air pensive. Il est d'autant plus difficile d'accepter que tout se soit terminé de façon aussi brutale. Un jour, il est sorti de la maison une raquette de tennis à la main, et deux heures après, il était parti pour toujours. J'ai de la peine à m'y résigner.

Jack hocha la tête, puis fit remarquer :

— Vous savez au moins qu'il n'a pas souffert.

— C'est vrai, bien entendu, mais nous, nous avons beaucoup souffert. Je n'étais pas du tout préparée à sa disparition. Il était encore jeune. Nous ne parlions jamais de ce qui se passerait si l'un de nous deux mourait. Nous n'avions jamais pris le temps d'y réfléchir ni de nous dire adieu...

Comme ses yeux s'emplissaient de larmes, elle se détourna.

Aussitôt, Jack s'approcha d'elle et la prit par les épaules.

— Ne vous défendez pas... Je sais ce que c'est... Il m'est arrivé la même chose avec Dori. Elle a eu un accident de voiture, alors qu'elle venait me rejoindre. Le véhicule d'en face l'a heurtée de plein fouet, et elle n'a pas dû avoir vraiment conscience de ce qui lui arrivait. J'ai eu l'impression que c'était moi que le maudit camion avait touché. Durant longtemps, j'ai regretté qu'il ne l'ait pas fait. Je m'en voulais de toutes mes forces de n'avoir pas été à la place de Dori... Je me sentais si coupable...

— Moi aussi, reconnut Amanda en le regardant.

Il avait des yeux bruns pleins de bonté et des cheveux blonds qui commençaient à grisonner. Il était très beau.

— Toute l'année, poursuivit-elle, j'ai souvent regretté de ne pas être morte. Depuis une ou deux semaines, pourtant, je m'aperçois que je suis tout de même contente d'avoir survécu. Je prends plaisir à voir mes filles et à accomplir de petites choses... Il est curieux de constater qu'il suffit que s'opère un léger changement pour qu'on perçoive une différence.

Il acquiesça, puis prit l'un des tabliers d'Amanda et le noua autour de sa taille pour protéger son chandail à col roulé noir et son pantalon.

— Très bien, dit-il, trêve de graves considérations. Qu'y a-t-il au menu ? Voulez-vous que je découpe, hache menu, râpe, réduise quelque chose en purée ou préférez-vous me voir boire tranquillement un verre dans un coin de votre cuisine ? Il en sera comme vous voudrez.

Elle eut un rire léger, tandis qu'il la contemplait avec amusement. Il était si facile à vivre...

— Pourquoi ne pas vous asseoir et vous détendre ? proposa-t-elle. Tout est déjà prêt ou presque.

Elle lui servit un verre de vin, jeta un coup d'œil sur ce qui cuisait, mit en route la viande, et un quart d'heure plus tard, ils dégustaient des steaks, avec des pommes de terre au four et de la salade. Ils parlèrent des heures durant, assis à la table de la cuisine, puis passèrent au salon, et il examina quelques-unes des photographies qu'elle y conservait. Ils formaient une belle famille. Matt paraissait collet monté, et Amanda éclatante.

— Quel dommage que vos filles et vous soyez aussi vilaines...

— Vos enfants sont tout aussi réussis que les miens, le complimenta-t-elle, ce qui le fit sourire.

— Il se trouve par hasard que nous sommes tous bien faits de notre personne. Tout le monde est beau, à Los Angeles. Ici on oblige les gens laids à aller s'installer dans un autre Etat, une autre ville ou bien on leur fait franchir la frontière mexicaine à minuit. On les rassemble et on les emmène, et plus personne ne les revoit jamais... hop... plus de gens laids à l'horizon.

Il prenait tant de plaisir à plaisanter qu'elle comprenait pourquoi il avait du succès auprès des femmes.

— Vous ne vous en lassez jamais ? dit-elle de but en blanc, estimant qu'ils étaient amis, à présent. Je veux dire de toutes ces femmes qui se succèdent dans votre vie. Il me semble que ce doit être épuisant de se trouver sans cesse en face de parfaites étrangères. Je ne m'imagine pas dans une situation comme celle-là, obligée de recommencer tout à zéro, à chaque fois, de poser ces ennuyeuses questions...

— Stop ! gronda-t-il en levant une main pour

l'arrêter. Vous êtes en train de réduire à néant mon mode de vie. Si vous me demandez de tout remettre en question, je n'en serais peut-être pas capable. C'est une façon de ne pas m'investir, voilà tout. Je n'ai pas éprouvé le besoin de m'engager davantage depuis Dori.

— J'aimerais mieux regarder la télévision ou lire un livre, lui déclara Amanda tout à trac, ce qui le mit en joie.

— Eh bien, voyez-vous... c'est là sans doute que réside la différence entre les hommes et les femmes. Jusqu'ici, s'il avait fallu choisir entre un livre, la télévision ou les femmes, j'aurais choisi les femmes. Pourtant, si vous m'obligez à regarder les choses en face, il est possible que j'aille acheter un nouveau poste de télévision dès demain matin.

— Vous êtes un cas désespéré.

— Rien n'est plus vrai. On m'a toujours dit que cela faisait partie de mon charme, mais je me rends compte que ce pourrait être désormais considéré comme un défaut. Je ne devrais peut-être pas m'appesantir là-dessus davantage.

Ils évoquèrent ensuite leurs familles d'origine, leurs rêves de jeunesse, la carrière qu'ils avaient choisie, puis ils revinrent à leurs enfants. La soirée passa comme un éclair, et il était plus de minuit quand il la quitta. Il attendit neuf heures, le lendemain matin, pour l'appeler afin de la remercier de son dîner. Elle dormait encore.

— Est-ce que je vous réveille ? demanda-t-il, surpris.

Il était persuadé qu'elle était une lève-tôt, et en temps normal, elle l'était en effet, mais elle avait veillé tard pour lire, et en fait, elle avait pensé à lui.

— Non, pas du tout, affirma-t-elle avec audace. J'étais debout.

Elle jeta un coup d'œil au réveil, étonnée de voir l'heure qu'il était. Elle avait un rendez-vous chez son dentiste, et elle allait le rater.

— Vous me racontez des histoires, dit Jack tandis qu'un sourire éclairait son visage. Vous dormiez du sommeil du juste et je vous en ai tirée. Ah, quelle existence que celle des gens riches et indolents... Moi, je suis à mon bureau depuis huit heures trente.

Il devait passer un certain nombre de coups de fil en Europe, où le décalage horaire était de neuf heures. Cependant, comme l'image d'Amanda le hantait, il avait cédé à une impulsion et formé son numéro. A présent qu'il entendait sa voix, il se trouvait soudain dans un état de grande nervosité.

— Que diriez-vous de dîner avec moi, ce soir? proposa-t-il sans autre préambule.

Amanda écarquilla les yeux et se demanda si elle avait bien entendu. Elle était invitée le lendemain, mais ce jour-là elle n'avait rien de prévu.

— Ce soir? Je... N'allez-vous pas vous fatiguer de me voir?

— Je ne crois pas que ce soit possible, et puis nous avons beaucoup à rattraper, vous ne trouvez pas?

— A quoi songez-vous, par exemple?

Elle était allongée sur le dos, et se souvenait avec une grande précision de son visage.

— A l'histoire de notre vie, à nous deux. Comme cela représente cent dix ans, il faut un certain temps pour tout raconter, et j'ai pensé que nous devrions nous y consacrer avec assiduité, même si nous avons bien commencé, hier soir.

— Est-ce donc ainsi que vous procédez? dit-elle

avec un léger rire. Vous déployez tout ce charme ? Cent dix ans d'histoire... Quelle curieuse façon de l'envisager ! Eh bien, c'est entendu, si vous présentez les choses de cette manière, mieux vaut que nous nous penchions sur le passé. Et qu'avez-vous prévu ?

— Que diriez-vous d'un dîner à l'Orangerie ? Je passerai vous prendre à dix-neuf heures trente.

— Parfait. Je serai prête.

Pourtant, à peine avait-elle raccroché qu'elle regretta sa décision. Elle se redressa dans son lit, puis jeta un coup d'œil circulaire à la chambre qu'elle avait partagée avec son mari. Qu'était-elle en train de faire ? Allait-elle devenir la énième conquête de Jack ? Elle se leva d'un bond pour annuler... Mais, quand elle eut le numéro de la boutique, Gladdie lui apprit que Jack était en réunion, et qu'elle ne pouvait que lui transmettre un message. Aux yeux d'Amanda, procéder de cette manière indirecte pour refuser un dîner était un véritable manque de savoir-vivre, aussi prétendit-elle que son appel était sans importance. Jack la rappela pourtant à midi, et dès qu'elle répondit, elle sentit qu'il était inquiet.

— Il s'est produit quelque chose ? Vous allez bien ? dit-il.

Il semblait s'intéresser si vivement à elle qu'Amanda en perdit plus encore son assurance.

— Je vais bien... Je me disais simplement... Ah, je ne sais pas, Jack, je me suis trouvée stupide d'avoir accepté, tout à coup. Je ne tiens pas à être une de vos conquêtes, vous comprenez. Je suis une femme mariée... du moins, je l'étais... et je le reste encore dans mon esprit. Je m'interroge sur ce qui me pousse à vous voir et à quel jeu je suis en train de jouer. Je n'arrive pas à me décider à enlever mon alliance, et voilà que je me retrouve en train de dîner avec vous tous les soirs. Je ne sais pas où cela m'entraîne.

Elle donnait l'impression d'être épuisée. A l'autre bout du fil, Jack se voulut rassurant :

— J'ignore où cela nous mène, moi aussi. Et si cela peut vous réconforter, je rachèterai une alliance, de mon côté, pour que nous soyons à égalité. Les gens croiront que nous trompons nos conjoints respectifs. Je sais que j'éprouve plus de plaisir en votre compagnie que je n'en ai connu depuis des années, et peut-être même de toute ma vie. C'est tout ce que je peux vous dire. Soudain, l'existence que je mène depuis vingt ans me semble d'aussi bon goût qu'une bande dessinée de *Play-Boy*. J'en suis embarrassé, je voudrais m'en débarrasser, et j'avoue que je souhaiterais devenir le genre d'homme avec qui vous seriez fière d'être vue, car de mon côté, je suis fier comme Artaban quand je suis avec vous.

Elle lui répondit avec douceur :

— Je ne me sens pas prête à établir des relations suivies avec qui que ce soit, ni à me laisser faire la cour. J'ai perdu Matt il y a un an à peine, et je ne vois pas très bien ce que je peux avoir en commun avec vous. J'aime bien vous parler… et je ne tiens pas à cesser de vous voir, mais nous devrions peut-être l'envisager. Ne croyez-vous pas qu'il serait préférable d'annuler le dîner de ce soir ? N'avez-vous pas le sentiment que tout ceci est inconvenant ?

Elle avait l'air si tourmentée qu'il n'avait plus qu'un désir, la serrer contre lui.

— Absolument pas, lui répondit-il avec tendresse. Nous n'allons rien faire qui vous déplaise. Nous nous contenterons de parler de nos enfants et d'apprécier la compagnie l'un de l'autre. Inutile d'envisager d'aller plus loin pour le moment.

Il lui en coûtait beaucoup de prononcer de telles paroles, mais il ne voulait ni l'effrayer ni la perdre. Soudain, il lui importait beaucoup de continuer à la voir. Comme l'Orangerie était l'un des meilleurs restaurants de Los Angeles et qu'ils n'y passeraient pas inaperçus, une idée lui traversa l'esprit :

— Et si nous dînions dans un endroit plus discret ? Que diriez-vous d'un bistrot ou même d'une pizzeria ?

— Cela me plairait infiniment, Jack. Je regrette de paraître aussi lunatique. Pour tout vous dire, je ne m'attendais pas à ce que nous nous liions d'amitié... pas de cette manière, en tous les cas.

Elle eut un petit rire nerveux, et il chercha aussitôt à calmer ses inquiétudes.

— Je passerai vous prendre. Vous pourrez mettre des jeans, si vous voulez.

— Parfait.

Elle le prit au mot, car quand il arriva, elle portait un confortable sweater en angora rose sur des jeans d'un bleu délavé, qui moulaient parfaitement les courbes de son admirable silhouette. Jack mourait d'envie de lui dire combien il la trouvait charmante, mais il s'en abstint de crainte de l'effaroucher.

Ils roulèrent en direction de La Cienega Boulevard, et s'arrêtèrent devant un petit restaurant qu'Amanda n'avait jamais remarqué auparavant. Ils étaient lancés dans une conversation animée, mais à peine eurent-ils poussé la porte qu'Amanda saisit le bras de Jack et tourna vers lui un regard terrifié.

— Que se passe-t-il ?

Si son mari avait été encore en vie, il aurait juré qu'elle venait de l'apercevoir avec une autre femme, mais il n'y avait là qu'un jeune couple. Amanda sortit aussitôt et l'attendit sur le trottoir, le cœur battant.

— Qui était-ce donc ? insista-t-il.

— Ma fille Louise et son mari, Jerry.

— Ah, mon Dieu, quelle importance ! N'avons-nous pas le droit de dîner ? Nous sommes correctement vêtus, que je sache...

Il s'efforçait de prendre les choses à la légère, mais Amanda était sur le point de fuir, et il ne voulait pas qu'elle le quitte. Ils regagnèrent la voiture, et une fois en sécurité à l'intérieur, revinrent un peu plus longuement sur le sujet.

— Louise ne comprendrait pas.

— Pour l'amour du ciel, elle est adulte ! Qu'est-ce que vos filles attendent donc de vous ? Que vous restiez à la maison jusqu'à la fin de vos jours ? Je suis le beau-père de Jan, et donc inoffensif.

Son air faussement innocent fit rire Amanda.

— Vous êtes tout sauf inoffensif, et vous le savez très bien. Mes filles vous prennent d'ailleurs pour un coureur de jupons invétéré.

— Voilà qui est gentil... J'espère que Jan n'a pas une telle opinion de moi... Enfin, si j'y réfléchis, peut-être qu'elle le pense. Il est même vraisemblable que je l'ai été pas mal de temps. Néanmoins, il n'est pas impossible que je change. Est-ce que cela me rachètera à leurs yeux ?

— Non, et sûrement pas ce soir. Il vaudrait peut-être mieux que je rentre.

— Je vais vous dire ce qu'on va faire. On va aller chez Johnny Rocket.

Elle sourit à cette proposition. L'endroit était réputé auprès des jeunes pour la qualité de ses hamburgers et de ses milk-shakes, tout à fait comparables à ceux qu'ils avaient eux-mêmes appréciés à la fin des années cinquante.

Une fois là, ils prirent place au comptoir, choisirent des saucisses avec un assaisonnement pimenté au chili, des frites croustillantes, et burent du lait aromatisé avec une boule de glace battue. Avant même qu'on ne leur ait servi du café, Amanda avait retrouvé son sens de l'humour.

— Est-ce que j'ai eu l'air d'une parfaite idiote en fuyant, tout à l'heure ?

On aurait dit une toute jeune fille qui ne se pardonnait pas un faux pas, mais Jack aimait tout chez elle, y compris ses maladresses.

— Non, vous aviez l'air d'une femme mariée qui sort avec un autre homme, et qui vient de reconnaître son mari.

— C'est tout à fait ce que j'ai ressenti, convint-elle en cherchant son regard. Jack, je ne peux supporter ces parties de cache-cache. Je crois que vous devriez retourner à vos top-models ; vous auriez beaucoup moins de problèmes avec elles, croyez-moi.

— J'estime que dans ce domaine, c'est à moi de décider.

Et sans plus attendre, il lui demanda quels étaient ses projets pour Noël, qui tombait la semaine suivante.

— Mes filles viendront chez moi la veille de Noël, comme tous les ans. Et cette année, le déjeuner de Noël aura lieu chez Louise. Et vous ? Que faites-vous ?

— D'habitude, je dors… C'est vrai, je reste couché. Noël est un véritable cauchemar pour les commerçants. Nous restons ouverts jusqu'à minuit pour servir les clients qui ne pensent à acheter leurs cadeaux qu'à partir de neuf heures du soir ; les maris, en général. On jurerait qu'ils perdent leur calendrier et qu'ils découvrent en fin d'après-midi qu'on est à la veille de Noël! Je me charge de la fermeture, et quand je rentre chez moi, je dors deux jours d'affilée. Cela me convient très bien. Mais je me demandais si vous n'accepteriez pas de venir skier avec moi, le lendemain. Vous savez, des chambres séparées, en tout bien tout honneur...

— Je ne pense pas que je puisse accepter. Si quelqu'un me voyait? Cela ne fait pas un an encore...

— Et quand cette année de deuil prendra-t-elle fin?

— Le 4 janvier, répondit-elle d'un ton solennel. Du reste, je ne suis pas une très bonne skieuse.

— Je pensais simplement que cela vous ferait du bien de respirer un peu d'air frais, de quitter la ville. Nous pourrions monter en voiture au lac Tahoe ou nous arrêter à San Francisco.

— Un jour, peut-être, répondit-elle, l'air vague.

Il acquiesça, car il sentait qu'il la pressait trop. Elle n'était pas encore prête.

— N'en parlons plus. Pourquoi ne viendriez-vous pas à la boutique, un jour prochain? Je serai là toute la semaine. Nous pourrions déguster du caviar dans mon bureau?

L'invitation la fit sourire. En dépit de sa réputation de séducteur et du fait qu'elle n'était pas disposée à partir en week-end avec lui, elle le trouvait sympathique, car il paraissait comprendre la moindre de ses réactions. Il y avait dans sa nature un côté chaleureux, attentif aux autres, qui la prenait au dépourvu. Il était plus jeune d'esprit que Matt et elle découvrait qu'elle appréciait vivement sa compagnie.

Ils abordèrent d'ailleurs la question sur le chemin du retour. Il lui confia qu'il la trouvait bien différente de ce qu'il avait cru. Elle était amusante, généreuse, ouverte, compatissante, mais aussi très vulnérable. Ses moindres faits et gestes lui donnaient envie de la protéger.

— Accepteriez-vous que nous restions simplement amis durant quelque temps... et peut-être même toujours ? voulut-elle savoir. J'ignore si je serai un jour à même d'établir à nouveau des relations plus étroites. Je ne suis pas certaine d'y parvenir.

— Personne ne vous demande de prendre une telle décision, dit-il, raisonnable, empêchant ainsi Amanda de se sentir coupable.

Elle le fit entrer, et ils burent de la menthe dans sa cuisine, puis il alluma un feu dans la cheminée du salon, et ils discutèrent longtemps sur ce qui comptait pour eux. Quand il prit congé, il était deux heures du matin, et Amanda se demanda pourquoi elle ne voyait pas les heures passer quand ils étaient ensemble. Le lendemain, il fut très pris à la boutique, et de son côté, elle passa la journée à préparer Noël, bien qu'elle eût déjà acheté le sapin. Le soir venu, elle était en train de le décorer quand Jack l'appela.

— Que faites-vous ? lui demanda-t-il d'une voix lasse, car il venait de passer douze heures au magasin.

— Je décore le sapin, lui dit-elle.

Elle paraissait triste ; elle avait mis un disque de chants de Noël, mais cela n'avait fait qu'accroître sa nostalgie. C'était le premier Noël depuis son veuvage.

— Voulez-vous que je passe chez vous ? Je quitte la boutique dans une demi-heure, et votre maison est sur ma route. J'aimerais beaucoup vous voir.

— Je ne crois pas que nous le devrions, répondit-elle en toute bonne foi.

Elle avait encore besoin de temps pour se recueillir, et ce moment particulier était l'un de ceux qui incitaient à une méditation solitaire. Pourtant, ils poursuivirent la conversation quelque temps encore, et quand il raccrocha, elle se sentait mieux. Jack, pour sa part, était déprimé, car la solitude lui pesait plus encore. Il se demandait si Amanda allait se résigner à oublier Matt et accepter que quelqu'un d'autre brise le mur qu'elle avait érigé autour d'elle. Il sentait qu'il avait brièvement touché son cœur, mais qu'elle redoutait de le laisser approcher davantage.

Il passa au ralenti devant sa porte et aperçut les guirlandes de l'arbre qui scintillaient, mais non la silhouette d'Amanda. Au même moment, elle pleurait dans sa chambre, car elle avait désespérément peur de tomber amoureuse de lui, et elle tenait par-dessus tout à ne pas trahir la mémoire de Matthew. Après vingt-six ans d'union, il n'était pas concevable qu'elle tombe amoureuse du premier homme qu'elle croisait, aussi séduisant fût-il. Que se passerait-il s'il la traitait comme l'une de celles qu'il avait l'habitude de fréquenter ? Elle se discréditerait pour rien. Or, par respect pour Matthew comme pour elle-même, elle savait qu'elle ne devait pas permettre que sa réputation soit ternie.

Une fois chez lui, Jack composa son numéro, mais elle sut d'instinct que c'était lui et ne décrocha pas. Elle souhaitait que cette aventure se termine avant même d'avoir commencé.

Quand elle éteignit les lumières avant d'aller se coucher, elle laissa le disque tourner, et tandis que *Douce Nuit* résonnait à travers la maison, elle versa des larmes sur deux hommes, le premier, parce qu'elle l'avait aimé très longtemps, et le second, parce qu'elle croyait ne l'aimer jamais. Il aurait été difficile, à cet instant, de préciser quel était celui qui lui causait la douleur la plus vive ou qu'elle désirait le plus ardemment revoir.

5

Jack ne l'appela qu'une ou deux fois durant les jours qui suivirent. Il devinait la crise qu'elle traversait et savait d'expérience combien la période des fêtes était alors pénible. Dori était morte en novembre, et il n'avait cessé de boire entre Noël et le jour de l'An.

Il eut la sagesse de laisser Amanda résoudre seule son dilemme, et le matin de Noël, il lui fit livrer un cadeau — un dessin du XVIIIe siècle, représentant un ange, qu'elle avait admiré à la boutique. Il y avait joint une carte, où il lui disait qu'il espérait qu'un ange veillerait sur elle en ce jour de Noël et jusqu'à la fin des temps. Il avait simplement signé « Jack ». Extrêmement touchée, elle le remercia un peu plus tard. Elle se montra plus distante, mais aussi plus calme qu'auparavant. Il était manifeste qu'elle allait sortir de la confusion de sentiments qui l'agitait. Et bien que Jack eût été heureux de l'entendre, il prit garde à ne pas l'effrayer en étant trop familier avec elle. De toute façon, dans l'immédiat sa boutique réclamait toute son énergie. Ils avaient dû résoudre les problèmes habituels en cas de forte affluence, un vol, un évanouissement, des enfants perdus, bref le cortège classique des tracas de la fin de l'année. On avait même égaré la robe pailletée d'or d'une grande vedette, avant de la retrouver par miracle, et deux femmes célèbres s'étaient violemment prises à partie à propos d'un homme au rayon des parfums. Les fêtes avaient donc apporté leur lot coutumier d'émotions.

— J'espère que vous passerez une bonne soirée avec vos filles. Je sais combien Matt va vous manquer.

— C'est toujours lui qui découpait la dinde, dit-elle avec nostalgie.

Elle lui paraissait si fragile qu'il aurait donné tout au monde pour la serrer contre lui.

— Demandez donc à Paul de s'en charger, dit-il à voix basse. Je lui ai appris tout ce que je savais en la matière.

Ces propos arrachèrent un sourire à Amanda, et elle voulut savoir s'il avait eu d'autres nouvelles au sujet de son fils. Jack lui répondit que Paul avait toujours rendez-vous avec un spécialiste entre les deux fêtes, puis il conclut, plein d'espoir :

— J'espère que ces examens aboutiront à une solution positive.

— Moi aussi, convint-elle.

Elle regretta soudain de ne pas l'avoir invité pour le réveillon, mais ses filles se seraient demandé ce qu'il faisait là. De toute manière, il n'aurait pu quitter la boutique assez tôt, alors à quoi cela aurait-il rimé de lui proposer de se joindre à eux? Du reste, elle avait décidé qu'elle n'aurait plus de relations avec lui par la suite. Et tout en l'écoutant, Jack comprit qu'elle allait prendre ses distances avec lui. Il fut tenté d'appeler une amie pour qu'elle vienne passer avec lui le réveillon du Nouvel An, mais pour une fois, cette idée ne lui plut pas. Il avait réservé une chambre dans l'une des stations de ski de la région du lac Tahoe pour le lendemain de Noël, et il l'occuperait tout seul.

— Joyeux Noël, Amanda, dit-il, avant de raccrocher.

Il demeura un long moment assis dans son bureau à songer à elle. Il n'avait jamais rencontré de femme qui lui ressemblât. Au cours de la soirée, tandis qu'il faisait le tour du magasin, aidant les clients chaque fois qu'il le fallait, il les imagina tous en train de partager la dinde auprès de l'arbre, les petits-enfants, les deux filles et les gendres d'Amanda, dont son propre fils, et pour la première fois, il prit conscience du désert qu'était sa propre existence. Il avait passé la dernière décennie à séduire des filles à la jolie poitrine et au corps parfait, et quel souvenir en avait-il conservé? Absolument aucun.

— Vous ne donnez pas l'impression d'être heureux, remarqua Gladdie avant de partir. Vous n'avez pas de problème? Les enfants vont bien?

Il lui avait offert un très beau manteau en cachemire et une grosse prime. Mais elle se souvenait qu'il avait appelé la belle-mère de Paul à plusieurs reprises et elle se demandait s'il n'était pas souffrant ou si le mariage du jeune couple ne battait pas de l'aile. Jack s'était délibérément abstenu de l'éclairer davantage.

— Non, je vais bien, mentit-il.

«Si ce n'est que j'ai gaspillé ma vie, que la seule femme que j'aie aimée jusqu'ici est morte il y a treize ans, et que la femme la plus intéressante que j'aie jamais rencontrée entend s'immoler sur la tombe de son mari. Tout cela est sans importance, Gladdie. Joyeux Noël.»

— Et que faites-vous ce soir? s'enquit-il d'un ton

enjoué, alors qu'elle enfilait avec plaisir son nouveau manteau bleu lavande.

— Je vais dormir avec mon mari. Je vous le jure. Le pauvre homme ne m'a pratiquement pas vue depuis six semaines, et ce régime va encore durer une semaine.

— Vous devriez vous arrêter deux jours ; vous l'avez bien mérité.

— Je verrai si c'est possible quand vous serez à Tahoe.

Mais il savait qu'elle n'en ferait rien. Elle était toujours là. Elle était le seul membre du personnel qui travaillât au moins aussi dur que lui.

Ainsi qu'il le faisait chaque année, il resta jusqu'à une heure du matin et fit la fermeture avec le veilleur de nuit.

— Joyeux Noël, monsieur Watson.

— Merci, Harry, vous aussi.

Il salua l'employé de la main, et se glissa avec peine derrière le volant de sa Ferrari rouge. Une fois chez lui, pourtant, en dépit de sa grande fatigue, il ne parvint pas à s'endormir. Il regarda un peu la télévision, puis pensa appeler l'une de ses ex-petites amies, mais il était alors trois heures du matin, et pour une raison indéfinissable, il lui sembla que le temps où il menait ce genre de vie était révolu. Aucune de ces filles ne l'attirait. Il n'y avait plus au monde de jambes assez longues, de poitrines assez voluptueuses ou de peaux assez douces pour le séduire.

— Seigneur, je suis peut-être déjà en train de mourir ! ironisa-t-il à son adresse, avant de s'allonger.

Il était possible que ce changement soit dû au passage du cap de la soixantaine, et pas seulement à sa rencontre avec Amanda. On sait bien que les vieux fous sont plus fous que les jeunes, et il n'avait pas fait preuve de beaucoup de bon sens.

Il dormit jusqu'à midi et composa le numéro d'Amanda, mais elle était déjà partie. Elle se trouvait chez Louise, où elle partageait une autre dinde. Il roula vers le nord de Los Angeles jusqu'à un traiteur chinois chez qui il acheta quelques plats, puis revint les manger sur son lit défait, tout en suivant un match de football.

Il savait qu'Amanda serait de retour chez elle dans la soirée, mais n'osa l'appeler. Que lui aurait-il dit? Etes-vous remise de la perte de votre mari? Soudain, il se trouva stupide de la harceler. Cependant, il se tourna et retourna dans son lit toute la nuit en pensant à elle.

Enfin, au matin, il n'y tint plus et la rappela. Il allait partir pour Tahoe l'après-midi même, et cependant, quand elle décrocha, il lui demanda s'il pouvait passer chez elle boire un café. Elle parut surprise et un peu inquiète, et malgré cela, accepta aussitôt. Bien qu'elle ne l'eût pas pensé sérieusement, il était possible qu'il veuille lui parler de Paul ou de Jan. Et à une heure, quand elle lui ouvrit et aperçut son visage, elle sut aussitôt que sa visite n'avait rien à voir avec leurs enfants.

— Vous êtes fatigué, remarqua-t-elle, soucieuse.

— C'est vrai. Je ne dors plus. Le cap de la soixantaine est plus difficile à franchir que prévu, dit-il avec un sourire de dérision; je crois que je commence à perdre la tête.

— Comment cela?

Il la suivit et ils passèrent dans sa confortable cuisine. Comme elle venait de préparer le café, elle lui en servit une tasse et ils prirent place autour de la table.

Jack la regarda et l'interrogea sans ambages :

— Je vous ai ennuyée, n'est-ce pas? Les don Juan ne se reconvertissent pas aussi facilement qu'on pourrait le croire, je suppose. Je me suis un peu trop précipité, et si je vous ai embarrassée, croyez que j'en suis désolé, car cela n'a jamais été dans mes intentions.

Il semblait très malheureux en prononçant ces mots.

— Je sais à quel point cette période est difficile pour vous, reprit-il, et si j'ai aggravé la situation, je le regrette.

— Ce n'est pas le cas, Jack, l'interrompit-elle avec douceur, en plongeant ses yeux dans les siens.

Il lut dans son regard qu'elle était aussi malheureuse que lui, et si déchirée qu'elle ne savait plus quel parti prendre.

— Je ne devrais pas vous l'avouer, et pourtant vous m'avez manqué, reconnut-elle.

Il s'efforça de garder son calme, mais à ces mots, son cœur bondit.

— Vraiment? Et quand cela?

— Depuis quelques jours. Cela me manquait de ne plus vous parler et de ne plus vous voir. Pour être franche, je ne sais plus où j'en suis.

— Moi non plus. Je me suis comporté comme un idiot et comme le plus grand des casse-pieds que la terre ait portés. J'ai essayé de vous laisser tranquille, parce que j'en ai conclu que c'était ce que vous souhaitiez.

— C'est juste.

Sa voix était tout de même devenue hésitante.

— Et à présent, c'est toujours le cas? demanda-t-il en retenant son souffle.

— Je l'ignore.

Elle leva vers lui des yeux qui viraient à l'améthyste.

Il mourait d'envie de l'embrasser, tout en se rendant compte qu'il ne le devait pas.

— Prenez tout votre temps. Vous n'êtes pas obligée de décider tout de suite. Je suis là et ne disparaîtrai pas...

Puis, se rappelant soudain ses projets, il rectifia :

— Je n'irai pas plus loin que le lac Tahoe.

— Vous y allez maintenant ?

Elle sourit, heureuse d'être en sa compagnie.

— Un peu plus tard. Il faut encore que je passe chez moi pour prendre mes tenues de ski. J'aurais dû préparer mes bagages hier soir, mais j'étais bien trop fatigué.

Elle hocha la tête et ils poursuivirent un peu la conversation. Au bout d'un moment, ils se sentirent à nouveau complices, si bien qu'elle rit de bon cœur quand il lui raconta comment deux de ses clientes s'étaient disputées au sujet de leur petit ami commun.

— Vous imaginez un peu ce que les journaux à scandale en auraient tiré ? Et bien sûr, si la presse s'était emparée de l'affaire, les deux femmes nous auraient accusés d'avoir vendu la mèche. Cela dit, elles l'auraient mérité !

Il ne lui avait pas révélé leurs noms et ne le ferait pas. Il se montrait toujours d'une louable discrétion à propos de la boutique.

— Qu'allez-vous faire ce week-end ? s'enquit-il.

— Pas grand-chose. J'irai peut-être voir mes filles, si elles ne sont pas trop occupées.

Il ne renouvela pas son invitation au lac Tahoe, comprenant qu'elle n'était pas encore prête à partir avec lui.

— Il est possible que j'aille voir un film, poursuivit-elle. Et vous ? Vous emmènerez quelqu'un avec vous ?

Elle voulait se convaincre qu'ils n'étaient que des amis et qu'elle ne serait pas affectée s'il partait aux sports d'hiver avec une autre, mais elle sentait qu'elle se mentait à elle-même.

— Non, je pars seul ; pour skier, c'est préférable.

Las de jouer à ce petit jeu d'esquive avec elle, il lui prit la main et la retint dans la sienne.

— Vous allez me manquer.

Elle acquiesça en silence. Quand elle le regarda, il eut l'impression que ses yeux le brûlaient jusqu'au fond de l'âme.

— Qu'avez-vous prévu pour le Nouvel An ? l'interrogea-t-il.

Elle rit :

— Je ferai comme d'habitude. Matthew détestait la Saint-Sylvestre. Nous allions nous coucher à dix heures du soir, et nous échangions des vœux le lendemain matin.

— Cela m'a l'air fascinant, dit-il avec le sourire.

Curieuse, elle lui retourna la question :

— Et vous ? Vous avez des projets ?

— Cette année, je pense que je ferai à peu près comme vous ; je veillerai peut-être plus tard, à Tahoe.

Soudain, il se risqua :

— D'un autre côté, Amanda... Nous pourrions tenter quelque chose de nouveau. Nous pourrions être ensemble, ici, en amis ?... Nous pourrions aller au cinéma et regarder la télévision tous les deux... Je ne suis pas obligé d'aller travailler, et il n'y a pas de loi qui nous interdise d'être des amis.

— Et votre voyage ?

— J'ai un genou en mauvais état, alors mon orthopédiste vous en serait reconnaissant.

— Et ensuite ? Je veux dire, que va-t-il nous arriver ? C'est cela qui m'inquiète.

Curieusement, elle était d'emblée plus à l'aise quand elle se montrait franche avec lui.

— Nous ne sommes pas forcés d'y penser tout de suite. Ce n'est pas un match où l'on compte les points. Nous avons bien le droit de ne pas passer les vacances de Noël en solitaires. Qu'est-ce que nous cherchons à prouver, et à qui ? A nous-mêmes ? A nos enfants ? A Matt ? Voilà un an que c'est arrivé. Vous avez porté le deuil assez longtemps. Nous avons au moins mérité un peu de sympathie et de réconfort. Que pourrait-il se produire de si terrible si nous allions ensemble au cinéma ?

Il savait se montrer très convaincant.

— Dans une salle de cinéma avec vous ? Tout peut arriver !

— J'irai m'asseoir tout seul au dernier rang, je ne vous approcherai même pas !

— Vous êtes fou !

Elle hocha la tête, le considéra, voulut trouver la force de lui dire non, de le renvoyer, ainsi qu'elle l'aurait dû, mais il émanait de lui un tel charme…

— Je suis parvenu à la même conclusion, hier. Je suis vraiment cinglé. C'en est presque alarmant.

— Moi aussi, je trouve tout ce qui vous concerne alarmant. Si j'avais le moindre bon sens, je vous interdirais ma porte jusqu'au baptême du premier enfant de Paul et de Jan, conclut-elle en riant.

— Cela risque d'être long. Dans le meilleur des cas, il y en aura pour neuf mois… C'est bien long pour se priver de cinéma. Alors, que décidez-vous ?

— Allez au lac Tahoe, et amusez-vous, Jack. Rappelez-moi un de ces jours, à votre retour.

— Très bien, s'inclina-t-il.

Il avait assez d'expérience pour admettre la défaite. Même si cela lui fendait le cœur de devoir la quitter, il se leva.

— Bonne année, murmura-t-il en déposant un baiser sur son front.

Il sortit de la cuisine.

Déjà, il avait gagné la porte principale et l'ouvrait, quand il entendit Amanda prononcer quelques mots. Il se retourna : elle se tenait dans l'embrasure de la cuisine.

— Qu'avez-vous dit ?

Le regard qu'elle lui lança le cloua sur place. Elle avait peur, mais se dominait assez pour donner une impression de grande force intérieure et ses yeux ne le quittaient pas.

— J'ai dit que j'aimerais bien voir un film qui passe au Beverly Center. La séance commence à quatre heures, si vous voulez vous joindre à moi.

— Vous acceptez vraiment ?

— Je crois... J'aimerais bien... Je ne sais pas trop...

— Je passe vous prendre à quinze heures trente. Mettez des jeans. Nous irons dans un restaurant thaïlandais pour le dîner. Entendu ?

Elle approuva, et il retrouva le sourire.

Sans perdre un instant, avant qu'elle n'ait changé d'avis, il rentra chez lui pour annuler sa réservation au lac Tahoe.

6

Les cinq jours qui suivirent leur parurent magiques. Ils eurent l'impression de dériver à travers l'espace, comme si le temps était suspendu. Ils allèrent au cinéma, se promenèrent dans le parc, parlèrent à bâtons rompus ou se contentèrent de demeurer assis l'un près de l'autre, en silence. Il leur semblait n'avoir plus d'obligations. Jack restait simplement en relation par téléphone avec la boutique, sachant que Gladdie s'y trouvait et l'y remplaçait. Pour la première fois depuis des années, Chez Julie n'était plus son premier souci. Il n'avait qu'une envie, demeurer auprès d'Amanda. Il ne lui avait rien dit de sa décision, elle ne l'avait pas interrogé sur sa disponibilité, et ils n'avaient échangé aucune promesse. Ils se contentaient de passer beaucoup de temps ensemble. C'était ce dont ils avaient besoin pour le moment, ce à quoi ils aspiraient le plus.

Jour après jour, Amanda avait l'impression d'aller mieux, et Jack sentait renaître en lui l'homme qu'il avait été au temps où il partageait la vie de Dori, si ce n'est que l'expérience était plus enrichissante, car avec l'âge il avait acquis de la sagesse, et il se rendait compte qu'au cours des treize années écoulées, il avait gaspillé beaucoup de temps. Il lui semblait soudain qu'il s'agissait de l'existence d'un autre homme, et que tout cela ne lui importait plus.

Si Amanda parlait parfois de Matt, elle paraissait se résigner. Elle en venait lentement à accepter le fait qu'il était mort, qu'elle avait survécu, et n'avait pas besoin de se sentir fautive. Sans en rien dire à Jack, elle avait enlevé son alliance et l'avait rangée dans sa boîte à bijoux. Elle avait versé quelques larmes, mais ne s'était plus senti le droit de la porter. Au moment de la retirer, elle avait cru que son cœur allait s'arrêter. Si elle n'y avait fait aucune allusion, Jack s'en était aperçu dès le premier déjeuner qu'ils avaient partagé ensuite. Sachant quel grand pas en avant cela représentait pour elle, il s'était abstenu du moindre commentaire.

Ils fréquentèrent plusieurs bons restaurants, où ils ne rencontrèrent aucun de leurs amis, et virent plusieurs films exécrables dont ils se moquèrent à la sortie. Il rentrait chez lui le soir, pour dormir, après être resté un long moment à la porte d'Amanda, afin de lui parler encore et de lui souhaiter une bonne nuit. La veille de la Saint-Sylvestre, alors qu'elle préparait le dîner, obéissant à une impulsion, il lui tendit les bras, l'attira contre lui et l'embrassa. Bien qu'il en ait eu envie depuis longtemps, il craignit soudain de l'avoir effrayée, mais elle se contenta de lever les yeux vers lui et de lui sourire.

Il en éprouva un grand soulagement ; il n'allait pas la perdre. Ils n'échangèrent pas une parole, et plus tard, il l'embrassa de nouveau, alors qu'ils étaient installés au salon et qu'ils se tenaient la main dans la pénombre, tout en contemplant le feu. Elle se trouvait merveilleusement à l'aise en sa compagnie.

A minuit, il rentra chez lui et lui téléphona aussitôt.

— Je me sens à nouveau une âme d'adolescent, Amanda, lui avoua-t-il de sa manière irrésistible.

— Moi aussi, répondit-elle. Merci de ne pas me presser. Cette semaine a été incroyable ; c'est tout à fait ce qu'il me fallait. Je voulais passer du temps avec toi... Ta présence a été un véritable cadeau... mieux qu'un cadeau de Noël.

Ils rirent ensemble en se rappelant que le téléphone avait sonné à une ou deux reprises, ce soir-là. Ils avaient supposé qu'il s'agissait des filles d'Amanda, mais elle n'avait pas décroché. Elle voulait se consacrer à Jack. Ses enfants, ainsi que Matt, avaient eu plus que leur part de son attention, au fil des ans, et elle estimait que son tour était venu. C'était la première fois qu'elle menait une existence à l'insu de tous et qu'elle n'incluait pas sa famille dans ses projets. Ce changement d'attitude lui était bénéfique, elle s'en rendait compte. Ils avaient prévu d'aller à la patinoire, le lendemain, puis d'assister à une autre séance de cinéma. Ils avaient vu presque tous les films récents et projetaient de se préparer un repas de réveillon chez elle pour la Saint-Sylvestre, de boire du champagne et de veiller ensemble jusqu'à minuit.

Dans un élan de générosité, Amanda confia à Jack :

— Je regrette de t'avoir empêché d'aller skier.

— Eh bien, moi pas, répliqua-t-il en riant. Ce que nous vivons me plaît bien davantage. C'est ce qu'il m'est arrivé de plus romantique de toute ma vie, et je ne voudrais en être privé pour rien au monde.

Il lui souhaita alors bonne nuit, tout en déplorant de ne pouvoir l'embrasser encore, et le lendemain, ils s'amusèrent comme des fous à la patinoire. Pour le réveillon, elle prépara un canard rôti et un soufflé pour dessert. Ce fut un repas délicieux.

A dix heures du soir, ils se retrouvèrent devant la cheminée ; il se mit à l'embrasser et elle lui rendit ses baisers avec fièvre. Il leur servit une coupe de champagne, qu'ils burent d'un trait. Entre la chaleur du feu et celle que le champagne répandait dans ses veines, Amanda sentit que les baisers de Jack lui montaient à la tête, et elle avait perdu tout sens de la réalité quand il lui déclara de sa merveilleuse voix grave qu'il l'aimait et qu'il voulait passer la nuit avec elle. Elle se contenta de se serrer contre lui et de lui donner son consentement d'un signe de tête. Elle le voulait plus que tout au monde, et pour une fois, il ne prit pas le temps de se demander si elle ne le regretterait pas plus tard. L'envie qu'il avait d'elle était trop forte. Il la suivit donc dans sa chambre. Là, ce qu'il découvrit le remplit d'admiration : elle avait gardé un corps de jeune fille. Grande et mince, elle avait des seins plus pleins qu'il ne l'avait imaginé. Il ne se lassait pas de la caresser, et quand il la posséda, il l'entendit avouer qu'elle l'aimait aussi. C'est à peine si Amanda sentit le souffle lui manquer quand ils se mirent à bouger ensemble, sur un rythme lent. Elle n'avait jamais connu un tel accord, que ce fût avec son mari ou avec aucun des deux hommes qu'elle avait fréquentés avant lui. Pour une jeune actrice travaillant à Hollywood, à l'époque, elle avait mené une existence étonnamment chaste, mais pour l'instant, il n'était plus question, pour Jack et pour elle, de revenir sur leur histoire passée. Ils se contentaient de partager leur passion dans le moment présent, et quand ils parvinrent à l'extase, Amanda eut l'impression que l'univers entier explosait, tandis que son corps, comblé, demeurait soudé à celui de Jack.

Elle avait aimé l'entendre gémir, les caresses qu'il lui avait prodiguées, sa présence en elle. Tout à lui, maintenant, elle sombra dans le sommeil entre ses bras, alors que minuit était passé depuis longtemps. Elle n'éprouvait ni tristesse, ni besoin d'expiation. Quand elle s'éveilla contre Jack, au matin, il lui caressait les seins, lui souriait, et les rayons du soleil inondaient la chambre qu'elle avait partagée avec son mari. Elle demeura silencieuse un long moment, puis elle regarda son compagnon sans savoir si elle devait rire, pleurer ou l'aimer à nouveau ; elle était tentée de céder à ces trois désirs à la fois. Elle se glissa hors du lit, traversa la chambre, puis se tourna vers Jack pour le fixer, telle une biche prête à fuir.

— Tu te sens bien ? demanda-t-il.

Il la contemplait, sentant son désir se raviver pour elle, puis soudain, l'inquiétude l'emporta, car elle lui paraissait avoir changé.

— Je n'en suis pas certaine, répondit-elle à voix basse.

Elle s'assit sur une chaise, sans chercher à cacher sa nudité, et le dévisagea en se demandant si elle était folle ou éperdue de bonheur.

— Je n'arrive pas à croire que je me suis comportée de la sorte, hier soir.

Il n'y parvenait pas non plus, à vrai dire, mais il n'avait jamais été plus heureux de sa vie et n'entendait pas renoncer à elle. Il avait compris qui elle était et ce qu'elle était, et il voulait absolument la garder.

D'ailleurs, elle lui avait avoué son amour...

— Tout ce que je te demande, c'est de ne pas prétendre que je t'ai enivrée pour abuser de toi la nuit dernière ; je ne pourrais pas le supporter.

— Tu n'y es pour rien, reconnut-elle en coulant vers

lui un regard anxieux. Mais veux-tu dire que j'étais ivre ?

— Je ne vois pas comment tu aurais pu l'être. Tu n'as bu que deux coupes.

— C'était l'effet du feu... et de tes baisers... et puis...

— Amanda, ne commence pas. Arrête de te torturer.

Il traversa la pièce pour la rejoindre et s'agenouilla près d'elle, tandis qu'elle constatait :

— J'ai fait l'amour avec toi dans le lit que je partageais avec mon mari...

Il vit ses yeux s'embuer, mais se refusa à éprouver des regrets.

— Je n'arrive pas à admettre que j'aie fait une chose pareille, poursuivit-elle. Mon Dieu, Jack, quelle sorte de femme suis-je donc ? J'ai été mariée à cet homme durant vingt-six ans, et voilà que je partage son lit avec toi...

Elle se leva et se mit à arpenter la pièce de long en large, pendant qu'il s'efforçait de ne pas se laisser gagner par la colère.

— Ne dis pas cela comme s'il s'agissait d'un crime, Amanda... Je t'aime. Pour l'amour du ciel, nous sommes adultes. Tu es encore en vie... et Dieu sait si tu es bien vivante... Et moi, je me sens plus heureux de vivre que je ne l'ai été depuis vingt ou trente ans, et même de toute mon existence.

A peine achevait-il sa phrase que la sonnerie du téléphone retentit. Amanda ne fit pas un geste pour décrocher, car elle se moquait bien de savoir qui cherchait à la joindre. Elle était obsédée par la pensée qu'elle avait trahi son mari.

— C'est *son* lit, *notre* lit, affirma-t-elle.

Elle se mit à pleurer ouvertement. N'osant pas la toucher, il la regarda faire les cent pas dans la chambre, puis il s'écria malgré lui :

— Alors achètes-en un neuf ! C'est ton lit à toi, bon sang. La prochaine fois, nous nous aimerons sur le plancher ou nous irons chez moi…

— Il faudrait faire appel à un exorciste pour purifier ton lit ! s'exclama-t-elle à travers ses larmes.

Il se mit à rire.

— Ma chérie, calme-toi… Je t'en prie… Tu as eu un choc. C'est la première fois, je le comprends bien, mais c'est la plus belle nuit que j'aie jamais vécue… Nous nous aimons… Nous venons de passer une semaine ensemble et nous sommes fous l'un de l'autre. A quoi t'attendais-tu ? Seigneur ! Nous avons vu toutes les imbécillités au programme dans les cinémas de cette ville. Que désires-tu de plus ? Deux ans de fiançailles ?

— Peut-être bien. Il n'y a pas un an qu'il est mort.

Elle se laissa de nouveau tomber sur une chaise et se mit à sangloter comme une enfant. Il lui tendit un mouchoir, n'osant toujours pas la toucher.

— L'anniversaire de sa mort tombe dans trois jours. Nous attendrons donc jusque-là. Nous allons oublier que ceci s'est produit, décréta-t-il.

— Très bien. Nous allons redevenir des amis. Nous retournerons voir des films et nous n'aurons plus de rapports sexuels. Plus jamais.

Elle cherchait à retrouver la paix de sa conscience, mais il ne la suivrait pas jusque-là. Il l'aimait trop à présent pour renoncer à leurs relations, surtout à celles qu'ils avaient commencées la veille. A son avis, ensemble ils méritaient d'entrer dans la liste des amants légendaires.

— Ne perdons pas la tête, tu veux bien ? Allons plutôt boire un café, prendre une douche et faire une longue, une agréable promenade, et tu te sentiras mieux.

— Je ne suis pas quelqu'un de bien, Jack. Je ne vaux pas mieux que toutes celles avec qui tu couches d'habitude.

Le téléphone sonna à nouveau et tous deux continuèrent à l'ignorer.

— Tu es quelqu'un de bien. Et je ne couche plus qu'avec toi. Tu comprends cela ? Je n'ai pas regardé une autre femme depuis que tu es venue à la réception du magasin. Tu m'en as dégoûté. Mais je ne vais pas te laisser anéantir nos relations pour autant. Nous sommes amoureux l'un de l'autre, et nous avons le droit de l'être. Tu m'as bien suivi ?

— Je n'ai pas le droit de dormir avec qui que ce soit dans le lit de mon mari.

Bien qu'il se fût rendu compte de son trouble, il sentit l'exaspération le gagner. Il se dirigea vers elle, lui prit la main avec autorité et l'obligea à se lever.

— Viens, allons nous préparer une tasse de café.

Ni l'un ni l'autre n'enfilèrent le moindre vêtement et elle n'éprouva aucune gêne devant lui. Tout se passait comme s'ils avaient toujours vécu ensemble.

Toujours nu, il lui prépara du café qu'elle but noir et brûlant ; elle se calma peu à peu, tandis qu'ils prenaient place à la table de la cuisine. Il régnait une douce chaleur dans la pièce, aussi demeurèrent-ils là un bon moment.

— Aimerais-tu lire le journal ? proposa-t-elle spontanément.

Elle se demanda soudain si elle ne devenait pas schizophrène. Elle se sentait très à l'aise avec lui, puis l'instant suivant, elle était bourrelée de remords. Et pourtant, en le voyant acquiescer, elle sut qu'elle allait mieux.

— Oui, affirma-t-il. J'aimerais bien y jeter un coup d'œil.

— Je vais le chercher.

Elle se dirigea vers l'entrée, la tasse à la main, ouvrit la porte et se baissa sous le porche pour ramasser le journal. Sa porte était à l'abri des regards, et elle savait qu'aucun passant ne l'apercevrait de la rue. Pourtant, à l'instant même où elle était accroupie, elle vit la voiture de sa fille cadette s'engager dans son allée privée. Paul et Jan la fixaient, bouche bée. Amanda attrapa le journal, se rua à l'intérieur, claqua la porte, courut à la cuisine, et jeta le quotidien sur la table en renversant son café. Jack, ébahi, suivait ses mouvements.

— Il faut que tu partes ! ordonna-t-elle, horrifiée.

— Maintenant ?

— Oui... Oh ! Jack... Non, tu ne peux pas... Ils sont là, dehors... Passe par la porte de derrière... Au fond de la buanderie.

Elle tendait la main dans la direction qu'elle souhaitait lui voir prendre et l'agitait avec frénésie, comme pour le chasser.

— Tu voudrais que je m'en aille dans cette tenue ? Ou bien tu m'accordes une minute pour m'habiller ?

Il avait à peine posé la question que la sonnette de la porte d'entrée retentit. Amanda sursauta.

— Oh, mon Dieu... Ce sont eux... Oh, Seigneur... Jack, qu'allons-nous faire ?

Elle était à nouveau en pleurs, mais cette fois, Jack ne put s'empêcher de rire.

— Mais qui est-ce ? Un marchand de brosses qui

fait du porte-à-porte ? C'est le jour de l'An. Ne réponds pas.

— Ce sont *nos enfants*, idiot ! Et ils m'ont vue... quand je suis allée ramasser le journal.

— Quels enfants ?

— Mon Dieu, combien d'enfants crois-tu que nous ayons ? Jan et Paul ! Ils m'ont regardée comme si j'étais devenue folle.

— Eh bien, sur ce point en tout cas, ils n'ont pas tout à fait tort. Veux-tu que j'aille leur ouvrir et que je les fasse entrer ?

— Non... Je veux que tu t'en ailles... Non... Cache-toi plutôt dans la chambre.

— Calme-toi, ma chérie. Dis-leur simplement que tu es occupée et qu'ils n'ont qu'à revenir plus tard.

— Très bien.

Il gagna rapidement la chambre, en referma la porte. Les mains tremblantes, Amanda mit la chaîne de sécurité et entrouvrit la porte de quelques centimètres pour parler à sa fille et à son gendre.

— Bonjour, leur dit-elle avec un grand sourire, en s'abritant derrière la porte. Bonne année !

— Maman, tu vas bien ?

— Non, à vrai dire... enfin, oui... Je vais bien, mais j'ai beaucoup à faire... et j'ai la migraine... ou plutôt la gueule de bois. Enfin, pas vraiment. J'ai bu deux coupes de champagne, hier soir. Je crois que j'y suis allergique.

— Maman, pourquoi te promenais-tu toute nue sur le pas de la porte ? Les voisins auraient pu te voir...

— Personne ne m'a vue.

— Si, nous.

— J'en suis navrée. Eh bien, merci d'être venue, ma chérie. Pourquoi ne repasseriez-vous pas un peu plus tard tous les deux ? Ce soir ou demain ? Ce serait parfait.

— Et pourquoi pas maintenant ?

Si Jan était inquiète, Paul ne voulait pas s'imposer. Il voyait qu'Amanda n'était pas disposée à recevoir des visiteurs. Ils avaient cherché à la joindre au téléphone pour ne pas venir à l'improviste, mais elle n'avait pas décroché. A leur arrivée, il était persuadé pour sa part qu'ils ne la trouveraient pas chez elle.

— Vous ne pouvez pas entrer maintenant car mon... ma migraine m'oblige à rester couchée.

— Tu n'étais pas couchée ; tu étais sortie pour chercher le journal. Maman, qu'est-ce qui t'arrive ?

— Rien. Tout va bien. Préviens-moi la prochaine fois... Cela ne se fait pas, ma chérie, d'arriver comme cela, sans avoir donné signe de vie. Je suis contente tout de même de t'avoir vue... Je t'appellerai plus tard.

Elle les salua de la main puis leur ferma la porte au nez. Ils demeurèrent un instant sur place, puis firent demi-tour. Une fois dans la voiture, Jan tourna vers son mari des yeux angoissés.

— Crois-tu que ma mère ait un problème d'alcoolisme ?

— Bien sûr que non. Elle ne souhaitait pas recevoir de visites à cette heure-là, c'est son droit. Qui sait ? Elle a peut-être une liaison et le type est encore là. Elle est assez jeune pour prendre un amant, tu sais... et il s'est passé un an depuis la mort de ton père.

Comme cette idée avait l'air de le réjouir, Jan lui jeta un regard outré.

— Tu es fou ! Ma *mère* ? Tu crois qu'elle ferait une chose pareille ? Ne sois pas ridicule. Ce n'est pas parce que ton père saute d'un lit à l'autre, à son âge, que ma mère serait capable de se conduire de cette manière. Quelle idée abominable, Paul !

— On a déjà vu pire.

Ils avaient alors traversé la moitié de Bel Air, et Amanda, de son côté, avait regagné sa chambre. Jack, qui venait d'ouvrir les robinets de la douche, l'accueillit avec un large sourire quand il la vit refermer la porte et s'y appuyer, comme si, poursuivie par les représentants de la loi, elle venait de mettre une frontière entre eux et elle.

— Que leur as-tu dit ? Leur as-tu transmis mon bonjour ?

Il était amusé par la violence de sa réaction.

— Je ne me suis jamais sentie aussi embarrassée de ma vie. Les enfants ne me le pardonneront jamais.

— Pourquoi ? Parce que tu ne les as pas laissés entrer ? Ils auraient dû téléphoner d'abord.

— Ils l'ont fait. Nous n'avons pas répondu.

— Alors, ils n'auraient pas dû venir. Cela leur servira de leçon. Veux-tu prendre une douche ?

— Non, je voudrais mourir.

Elle se jeta de tout son long sur le lit. Il s'assit près d'elle et la contempla avec une profonde affection.

— Tu sais que tu as le génie de te faire souffrir ?

— Je le mérite, dit-elle. Je suis une femme abominable, et un jour mes enfants l'apprendront.

Elle leva vers Jack un regard effrayé et supplia :

— Tu ne diras rien à Paul, n'est-ce pas ? Ah, mon Dieu ! Il le raconterait aussitôt à Jan, qui le dirait à Louise...

— Et avant qu'on ait eu le temps de se retourner, ce serait dans toute la presse. Chérie, Paul et moi parlons toujours des femmes avec lesquelles je sors. Tu ne vas pas me l'interdire, maintenant ; il croirait que je suis devenu impuissant.

— Oh, Seigneur ! Sacrifiez-moi sans plus attendre.

Elle roula sur le ventre et s'enfouit le visage dans un oreiller. Jack se pencha pour couvrir sa colonne vertébrale de baisers légers. Il l'embrassa ainsi de la nuque au bas des reins, puis lui massa le dos jusqu'au moment où elle se retourna lentement. Elle lui jeta alors un regard qui lui rappela l'accueil qu'elle lui avait réservé la veille, entraînant aussitôt chez lui une réaction. Elle leva les bras vers lui sans mot dire, et il se pencha à nouveau pour l'embrasser, car il la désirait plus que jamais.

— Je t'adore, petite sotte.

C'était décidément un matin mémorable.

— Je t'adore, moi aussi, avoua-t-elle tout bas d'une voix rauque, avant de l'attirer contre elle.

Cette fois, pourtant, il résista et tint à l'interroger :

— Attends une minute avant de m'obliger à repasser par toutes ces émotions. Ne préfères-tu pas changer de pièce et quitter ce lit ? Que dirais-tu du divan ou de la baignoire ?

Tout en parlant, il avait couvert ses seins de caresses légères, puis s'était mis à explorer son corps en descendant toujours plus bas.

— Ne t'inquiète pas... Tout va bien, lui répondit-elle en souriant.

Il eut un petit rire, puis murmura :

— Tu le dis maintenant... mais qu'en penseras-tu plus tard ?

— Tu seras peut-être obligé de m'aimer à nouveau pour me calmer... Je trouve que tu as sur moi un effet très apaisant... Oui, c'est une excellente thérapie, affirma-t-elle.

Elle laissa à son tour ses lèvres errer sur le corps de Jack et lui arracha des gémissements de plaisir.

— Je t'aime, Jack, assura-t-elle, avant d'approfondir ses caresses.

— Moi aussi, ma chérie, je t'aime, avoua-t-il.

Puis la passion les emporta et balaya tous les doutes et les remords du matin.

7

Le reste du week-end du Nouvel An fut paisible. Jan appela sa mère, qui prit soin de la rassurer. Amanda téléphona à son tour à Louise, et Jack, de son côté, adressa ses bons vœux à Julie, puis à Jan et à Paul.

Tous deux passèrent le premier de l'An chez Amanda, s'aimèrent à nouveau dans l'après-midi, puis, le soir venu, partirent pour Malibu. La petite maison que Jack y possédait était confortable, et il l'avait peu à peu décorée d'objets auxquels il tenait, patinés par le temps. On y trouvait de profonds fauteuils de cuir, des tables couvertes de livres, et quelques œuvres d'art de qualité. Amanda s'étonna de voir à quel point elle s'y plaisait.

Le lendemain, ils allèrent se promener sur la plage en se tenant par la main et la conversation tomba à nouveau sur leurs enfants. Amanda s'inquiétait pour Jan et espérait qu'elle serait bientôt enceinte.

— Elle en mourra, si elle n'y arrive pas, conclut-elle avec tristesse.

Le fait de mettre au monde des enfants avait beaucoup compté pour elle, aussi imaginait-elle volontiers combien Jan devait être traumatisée devant la menace de ne jamais en être capable.

— Et toi ? lui demanda Jack à voix basse, alors qu'ils regagnaient sa maison.

— Comment cela, moi ? s'étonna-t-elle sans comprendre le sens de sa question.

— Je ne voudrais pas que tu te retrouves enceinte, lui dit-il avec sincérité. Je suppose que cela pourrait encore t'arriver.

A cinquante ans, cela semblait improbable, mais elle paraissait encore si jeune qu'il ne pensait pas que son corps ait déjà changé. Ils avaient pris des précautions, car lui-même se montrait très attentif à ne pas courir le moindre risque de transmettre le sida, étant donné l'existence fort libre qu'il avait menée. Pourtant il y avait un bon moment qu'il était resté sans avoir de relations avec une femme, et depuis qu'Amanda était dans sa vie, il n'éprouvait plus aucun intérêt pour les autres. Aussi, dès qu'il aurait subi un examen de recherche du sida, dans les prochains jours, il avait l'intention de renoncer aux préservatifs. Il n'en restait pas moins que la dernière chose qu'il souhaitait au monde, c'était de la voir enceinte.

— Je n'y ai pas songé une minute, convint-elle, tandis que leurs yeux se rencontraient.

Elle était demeurée fidèle tout au long de son mariage, et seule durant son année de veuvage.

— Je ne pense pas que le problème se pose encore à mon âge, ajouta-t-elle.

Il s'était écoulé vingt ans depuis qu'elle avait fait une fausse couche, à l'époque où Jan était en maternelle. Elle se souvenait de sa déception d'alors et du choc qu'elle avait éprouvé. Néanmoins, l'idée de concevoir un enfant maintenant lui paraissait ridicule, et elle le dit à Jack.

— Pas si ridicule que de me voir m'enfuir au Brésil ou m'engager dans la marine marchande, lui déclara-t-il carrément.

Elle se mit à rire, mais lui ne partageait pas sa gaieté. Il s'était trop souvent trouvé dans cette situation, avec des femmes qui affirmaient attendre un enfant de lui, l'appelaient pour l'avertir qu'elles avaient du retard ou qu'elles avaient oublié de prendre la pilule. C'était devenu chez lui un souci permanent.

— Eh bien, attends encore un peu, lui dit-elle avec le sourire. Un jour prochain, le problème ne se posera plus du tout.

Il lui arrivait de penser au retour d'âge, mais elle n'en avait encore constaté aucun signe avant-coureur. Le médecin lui avait confié que cela ne se produirait pas avant un an ou deux, voire davantage. A la différence de Jan, elle n'avait jamais éprouvé de difficulté à être enceinte.

— J'ai hâte d'en arriver là, affirma Jack en répondant à son sourire.

Cependant, il en convenait avec elle : si, sur le plan biologique, elle était encore capable d'avoir des enfants, à l'âge de cinquante ans, cette éventualité était difficilement envisageable.

Il se chargea du dîner, ce soir-là, puis ils firent un feu dans la cheminée et regardèrent la lune briller au-dessus de l'océan. Il était plus facile pour Amanda de vivre là où rien ne lui rappelait Matt. Elle avait l'impression de s'engager dans une existence toute nouvelle avec Jack. Elle était stupéfaite de constater qu'après les souffrances endurées tout au long de l'année précédente, elle se sentait comme rajeunie et pleine de vitalité, avec en outre l'impression que Jack et elle étaient destinés l'un à l'autre. Peut-être avait-elle tort de s'engager dans cette voie, mais elle avait aussi conscience qu'elle ne parviendrait plus à y mettre un frein. Elle était animée du seul désir de tout partager avec lui.

Quand il reprit son travail, être privés l'un de l'autre fut tel qu'ils eurent le sentiment d'être devenus orphelins. Elle errait comme une âme en peine, et il l'appelait une demi-douzaine de fois par jour, venait à midi chez elle pour la voir, lui faire l'amour ou simplement lui tenir compagnie. Et quand il était de retour à la boutique, elle trouvait toujours un prétexte pour lui téléphoner.

Elle finit par lui demander :

— Est-ce que je te dérange ?

C'était la deuxième fois qu'elle l'appelait en une heure, et ils s'étaient quittés une demi-heure avant son premier coup de fil. Ils iraient dîner ce soir-là dans leur restaurant thaïlandais favori. C'était un endroit d'une discrétion absolue, où ils étaient certains de ne rencontrer aucune de leurs connaissances. Amanda souhaitait ne plus tomber sur ses enfants par hasard. Pour le moment, ils étaient convenus de garder le secret sur leur liaison.

— Tu ne m'importunes jamais. J'adore te parler, lui répondit-il en souriant, posant les pieds sur son bureau.

Gladdie entra alors pour lui apporter une tasse de café et il la remercia, puis il proposa à Amanda :

— Pourquoi n'irions-nous pas passer un week-end à San Francisco ? J'aimerais voir une boutique à acheter, là-bas, dans Post Street.

— J'adorerais cela, lui répondit-elle.

Ils prirent donc la décision de s'y rendre dès la fin de la semaine, et quand il eut raccroché, Jack appela Gladdie.

La secrétaire, les sourcils froncés, entra le bloc à la main.

— Vous avez des ennuis ?

Il leva les yeux vers elle.

— Je ne devrais sans doute pas vous poser la question, reprit-elle, mais est-ce que vos enfants vont bien ?

— Bien sûr. Pourquoi donc ?

Il eut l'air surpris. Savait-elle quelque chose qu'il ignorait ?

— J'ai simplement remarqué que Mme Kingston vous appelait. J'ai cru que peut-être... Je me suis demandé si Paul et Jan...

Elle était trop embarrassée pour préciser sa pensée, mais elle savait que Paul et Jan étaient mariés depuis trois ans, qu'ils n'avaient pas d'enfant, et que l'histoire des couples évoluait vite à Los Angeles. Si celui-là était en difficulté, Amanda et Jack se consultaient peut-être à son propos.

— Non, ils vont bien, dit-il sans s'étendre davantage.

Toutefois, quand leurs regards se croisèrent, Gladdie s'interrogea. Nulle autre femme ne l'appelait plus depuis Noël. Aucune de celles qui avaient compté pour lui, en tous les cas, et quand il recevait un appel de ce genre, il lui recommandait de dire qu'il était trop occupé. En moins d'une minute, la fine mouche comprit la situation.

— Je vois, dit-elle, amusée.

Amanda était une femme remarquable, mais Gladdie n'aurait jamais cru... Enfin, la vie réservait bien des surprises.

— Faites en sorte que personne d'autre ne sache, Glad. Nous ne voulons pas que les enfants l'apprennent, pour le moment.

— Et c'est sérieux ?

Elle était sa plus proche collaboratrice et pouvait se permettre des questions que personne d'autre ne se serait risqué à lui poser. Elle connaissait une foule de choses sur lui. Il hésita, puis répondit :

— Ça pourrait le devenir.

Puis il décida d'être franc avec elle. Il était amoureux fou d'Amanda. Il n'avait rien ressenti de comparable depuis la disparition de Dori et Gladdie ne l'ignorait pas. Elle avait assisté au défilé de jolies femmes qui s'étaient succédé dans sa vie, depuis qu'elle travaillait à son côté.

— Oui, ça l'est, avoua-t-il.

Ils échangèrent à nouveau un regard, et il lui parut plus détendu et plus jeune que jamais.

— Whaou ! Voilà qui est impressionnant et qui va faire plaisir à vos enfants, non ?

— Moi, je le pense, mais Amanda n'est pas de cet avis. Nous allons attendre un peu pour voir si tout va bien entre nous, avant de les prévenir.

Il la pria ensuite de leur réserver la suite présidentielle de l'hôtel Fairmont, puis de prendre rendez-vous avec l'agence immobilière pour le site qu'il convoitait dans Post Street.

Ils prirent l'avion pour San Francisco le vendredi après-midi, et quand Amanda pénétra dans la suite fabuleuse, d'où l'on avait une vue inoubliable sur la baie, elle eut l'impression de vivre une lune de miel. Ce soir-là, ils dînèrent à la Fleur de Lys, et le lendemain, ils firent appel au service d'étage. Au cours de cette journée du samedi, ils allèrent examiner le local commercial que Jack envisageait de racheter, et presque malgré lui, il fut enthousiasmé de cette visite. En dépit de l'importance du travail que représentait l'ouverture d'une succursale de Chez Julie, l'idée de s'installer à San Francisco lui paraissait maintenant irrésistible, et il confia à Amanda :

— Il faut que je sois fou pour envisager de me mettre tous ces problèmes sur le dos, à mon âge.

Cependant, depuis qu'il vivait avec elle, il paraissait avoir rajeuni de moitié. Il ne cessait de lui parler des projets qu'il formait pour ce magasin, de l'architecture, du décor, de la subtile différence qu'il souhaitait introduire dans cette nouvelle boutique. Il était animé d'un enthousiasme de jeune homme et reconnaissait qu'il avait toujours eu un faible pour San Francisco.

Au fond, la perspective de passer une partie de sa vie ici ne lui déplaisait pas, surtout s'il la partageait avec Amanda. Ils en discutèrent en allant à pied d'Union Square à leur hôtel. La pente était raide, aussi se retrouvèrent-ils essoufflés, mais joyeux, au sommet de la colline où se dressait le Fairmont. Jack était d'excellente humeur, et Amanda prenait part à sa joie, si bien qu'ils finirent la matinée dans leur lit.

Amanda ne repartit pas sans regrets, le dimanche après-midi, et elle était encore enchantée de son week-end quand elle alla retrouver ses filles au Bistro pour y déjeuner, le lundi à midi. Louise allait bien, mais Jan semblait déprimée, et Amanda craignit que le médecin ne lui ait donné de mauvaises nouvelles. Avant qu'elle ait pu s'en informer, ses deux filles la complimentèrent sur sa bonne mine.

— Tu parais en pleine forme, maman, se réjouit Jan.

Elle n'avait cessé de se tourmenter depuis le 1er janvier, chaque fois qu'elle songeait à sa mère et au comportement étrange qu'elle avait eu ce jour-là.

— Je te remercie, ma chérie, toi aussi.

On sentait toutefois qu'elle demeurait triste. Quand elles furent au milieu du déjeuner, profitant d'un silence, la jeune femme, les yeux embués de larmes, leur donna les dernières nouvelles :

— Eh bien, Paul s'est enfin décidé à aller voir un spécialiste.

Amanda tendit la main afin de serrer celle de sa fille, et pour une fois, Louise parut inquiète et la pressa d'en dire davantage.

— Alors ? Est-il stérile ?

— Non, répondit Jan en essuyant une larme, il n'a rien. Et moi non plus. Les médecins ne comprennent pas pourquoi je ne peux pas être enceinte. On nous a simplement dit que cela pourrait prendre davantage de temps, peut-être même ne jamais se produire. Il arrive, paraît-il, à des gens en parfaite santé de ne pas y parvenir, sans que l'on sache pourquoi. Je suppose que ce n'est pas leur destin.

Elle se mit à pleurer franchement, puis se moucha, poussa un soupir et reprit :

— Nous devons donc envisager de ne jamais avoir d'enfants. J'ai demandé à Paul si nous ne pourrions pas en adopter un, mais il préfère ne pas en avoir du tout. Il veut uniquement un bébé de nous, si bien que cela élimine toutes les formes d'adoption.

A la voir si bouleversée, Amanda crut que son cœur allait se briser.

— Il changera peut-être d'avis, ma chérie, et on peut encore espérer pour toi. Je suis sûre que cela peut t'arriver. Parfois, cela prend beaucoup de temps. Et un beau jour, tu mettras au monde quatre enfants à la file, et tu prieras le Bon Dieu pour que cela s'arrête.

Louise et elle tentèrent de la consoler, mais à la façon dubitative dont Jan les regardait, il était évident qu'elle ne prêtait pas foi à leurs dires.

Lorsque Amanda rapporta leur conversation à Jack, dans la soirée, il s'apitoya sur le sort du jeune couple.

— Les pauvres enfants ! Seigneur ! Quand je pense à toutes les fois où j'ai taquiné Paul sur la question… Il doit avoir envie de me tuer.

— Je ne sais pas si cela le touche autant qu'elle, remarqua Amanda, l'air songeuse.

Elle était pleine de regrets pour sa fille, car Jan lui avait paru très abattue, désespérée.

— S'ils n'y pensent plus durant quelque temps, cela viendra peut-être tout seul.

— Mais j'ai l'impression que lorsqu'on se trouve dans une telle situation, cela tourne à l'obsession. J'ai des amis à qui c'est arrivé.

Il approuva d'un signe de tête et ils changèrent de sujet de conversation. Ils semblaient toujours avoir des milliers de choses à se confier. Il lui parlait beaucoup de la boutique, lui demandait son opinion sur les lignes de vêtements et les accessoires qu'il commandait, en particulier aux fournisseurs haut de gamme. Elle avait beaucoup de goût, était attentive aux tendances qui se dessinaient et lui faisait souvent d'utiles suggestions. Ce qui intéressait surtout Jack, dans l'immédiat, c'étaient les idées qu'elle lui apportait pour la succursale de San Francisco. Même si le magasin ne devait pas ouvrir ses portes avant un an, il voulait que tout soit mis en œuvre dans cette perspective.

Amanda avait plaisir à le retrouver à la boutique de Rodeo Drive, et Gladdie était impressionnée chaque fois qu'elle la voyait arriver. Elle trouvait qu'Amanda avait beaucoup de classe, et appréciait qu'elle se montre si agréable quand elles échangeaient quelques paroles. Gladdie était fière d'être seule dans la confidence et de partager leur secret.

Le mois s'écoula sans qu'ils en aient pris vraiment conscience. Ils passèrent ensemble un week-end à Palm Springs, puis en février, il l'emmena skier à Aspen. Ils en furent enchantés et rencontrèrent un certain nombre d'amis de Jack, qui la reconnurent et furent très impressionnés de le voir en telle compagnie. Au grand regret d'Amanda, il y eut même un bref écho les concernant dans le journal d'Aspen.

— J'espère que personne ne communiquera la nouvelle à Los Angeles, dit-elle. Ce n'est pas une façon de l'apprendre aux enfants.

— Alors, nous ferions peut-être mieux de le leur annoncer nous-mêmes un jour prochain.

Ils étaient inséparables depuis deux mois, mais ils avaient pris soin d'éviter les journalistes en ne se rendant pas aux manifestations que couvraient les chroniqueurs mondains.

Cependant, le jour où Amanda déjeuna à nouveau avec Jan et Louise, elle trouva la première si désemparée qu'elle n'eut pas le courage de leur parler. Il lui parut égoïste de vouloir se vanter de son bonheur, à une période où Jan se sentait si malheureuse. Elle ne l'entendit rire qu'une fois, quand la jeune femme fit allusion à Jack.

— Paul pense qu'il a une liaison sérieuse avec l'une de ses amies. Il s'est beaucoup assagi. Il a l'air deux fois plus jeune et il a un perpétuel sourire de contentement, paraît-il. Pourtant, il ne parle pas beaucoup de la fille. C'est sans doute encore une écervelée de dix-neuf ans. En tout cas, elle le rend heureux et l'incite à se tenir tranquille.

— Le connaissant comme on le connaît, dit Louise d'un ton dédaigneux, il vit sans doute avec des quintuplées.

— Voyons, les filles, ce malheureux... il a bien le droit de vivre à sa guise, intervint Amanda, qui se sentait mal à l'aise.

— Depuis quand te montres-tu aussi charitable envers lui ? s'étonna Louise, avant que la conversation ne dévie.

Amanda les regarda à tour de rôle et se sentit oppressée ; elle se demanda comment elle allait jamais pouvoir les éclairer sur la situation. Elle fit part le soir même de ses inquiétudes à Jack, mais il se contenta d'en rire.

— Tu réagis comme si tu t'attendais à ce qu'elles te prennent pour une vierge sage.

— C'est pire. Pour leur mère. Tu comprends ce que cela signifie ? Ni sortie avec des hommes, ni flirt, ni sexe, si ce n'est avec leur père.

— Elles sont adultes ; elles devraient l'accepter.

— Peut-être.

Néanmoins, il ne l'avait pas convaincue ; elle connaissait trop ses filles.

Ils passaient beaucoup de temps à Malibu, à présent. Le temps était beau et chaud, la plage merveilleuse, et Amanda adorait vivre avec lui dans sa maison. Même après avoir surmonté le choc initial de le découvrir dans son lit, après leur première nuit, elle ne se sentait pas à l'aise lorsqu'ils étaient chez elle. Elle n'avait pas de telles réticences dans la maison de Jack. Elle lui préparait le petit déjeuner, avant qu'il ne parte travailler, puis rentrait chez elle. La semaine précédant la Saint-

Valentin, elle était en train de faire cuire des œufs brouillés quand il entra dans la cuisine et fut surpris de lui voir l'air troublée.

— Tu ne te sens pas bien ?

Elle était toujours si souriante, le matin, qu'il fut étonné de la voir préoccupée. Le journal sous le bras, il s'arrêta près d'elle pour l'embrasser avant de se servir du café.

— Je ne sais pas... Ce n'est rien, en fait... Je ne me sens pas dans mon assiette, voilà tout.

Elle avait eu la migraine, la veille, et elle éprouvait encore un léger malaise. Par ailleurs, après avoir cru que cela ne lui arriverait jamais, elle percevait de légers changements dans son corps, depuis quelque temps, qui la surprenaient. Elle se contenta de jeter un coup d'œil par-dessus son épaule, sourit à Jack, et précisa :

— Les enfants de Louise avaient la grippe, la semaine dernière, quand je suis allée la voir. Je l'aurai sans doute attrapée là-bas... Ce n'est pas mortel, j'y survivrai.

— Je l'espère bien, dit-il, heureux et détendu, tout en lui servant une tasse de café.

Elle la prit, la posa près d'elle, puis termina la cuisson des œufs et fit griller des toasts. Elle lui avait en outre préparé un grand bol de fruits frais. Quand elle prit place à la table, à son tour, elle se contenta de griller un toast nature, puis but une gorgée de café. La simple odeur du café lui souleva le cœur. Jack s'en aperçut aussitôt.

— Ça va ? dit-il.

— Moi, je vais bien, mais j'ai l'impression que le café a un drôle de goût. Est-ce que tu l'as acheté il y a longtemps ?

Il fit signe que non, s'empara du journal et lui répondit :

— C'est toujours la même marque et je croyais que tu l'appréciais.

Il aimait lui être agréable et s'efforçait de lui plaire en tout.

— Je l'aime bien, d'habitude. Dans ce cas, cela doit venir de moi. J'irai mieux dans un moment.

Après son départ, elle alla pourtant s'étendre, et quand elle prit la route pour rentrer chez elle, elle avait toujours un peu mal au cœur. Lorsque Jack l'appela pour lui proposer de venir le rejoindre pour le déjeuner, elle répondit qu'il valait sans doute mieux qu'elle s'allonge pour dissiper complètement sa migraine. Le soir venu, il passa la prendre et la trouva mieux. Et le lendemain, elle se sentait en pleine forme. Elle mit donc le malaise sur le compte de la grippe. Le surlendemain, elle appréciait de nouveau le goût du café et parut retrouver tout son entrain. Cela dura jusqu'au jour de la Saint-Valentin, où il lui offrit une grosse boîte de plus de deux kilos de chocolats.

— Seigneur ! Je pèserai deux cents kilos quand j'aurai mangé tout cela.

— Parfait. Tu en as besoin.

Il lui avait fait porter deux douzaines de roses rouges à longue tige dans la matinée et avait retenu une table à l'Orangerie pour le dîner, en affirmant qu'il se moquait bien que leurs enfants les y voient. Lorsqu'il ouvrit la boîte de chocolats, elle choisit l'un de ceux qui lui paraissaient les plus tentants, mais au moment où elle le mit dans sa bouche, elle ne put le croquer. Il la vit changer de couleur et leva un sourcil interrogateur.

— Tu ne te sens pas bien, de nouveau ?

Elle avait été dans son état normal toute la semaine, et voilà soudain que comme le café, quelques jours auparavant, le chocolat ne lui inspirait que du dégoût.

— Si, si, je vais bien, le rassura-t-elle en faisant l'effort d'avaler le chocolat.

Toutefois, quand il commanda du caviar, plus tard, à l'Orangerie, elle eut la même réaction, et en dépit de ses efforts, elle ne put y toucher, alors que d'habitude, elle l'appréciait beaucoup.

— Je crois que tu devrais aller voir un médecin, lui dit-il, inquiet.

Elle débordait tellement de vie, d'ordinaire, et se montrait même si exubérante que la voir mal à l'aise l'effrayait plus qu'il n'aurait osé le lui avouer.

— Les enfants de Louise ont souffert de cela durant trois semaines, dit-elle. Je te jure que ce n'est rien.

Il n'en restait pas moins que son teint avait pris une couleur terreuse et qu'elle touchait à peine au dîner.

En dépit de l'inquiétude qu'elle lui inspirait, ils passèrent tout de même une bonne soirée. Ils retrouvèrent bientôt leur bonne humeur et décidèrent de dormir chez elle, ce soir-là. A peine y furent-ils arrivés qu'ils s'aimèrent, et Amanda estima que c'était la plus heureuse des Saint-Valentin qu'elle ait jamais connues.

Le lendemain matin, alors qu'ils étaient assis dans sa cuisine, elle laissa donc Jack la convaincre d'annoncer enfin à leurs enfants combien ils se plaisaient.

— Pourquoi ne pas partager notre bonheur avec eux?

Leur accord était si merveilleux qu'il désirait que les enfants sachent ce qu'ils éprouvaient.

— Tu as sans doute raison, admit-elle. Ils sont assez grands pour l'accepter.

— Cela vaudra mieux pour eux. S'ils n'admettent

pas que nous vivions ensemble, ils méritent une volée de bois vert.

Dans le courant de l'après-midi, Jack appela Julie, puis Amanda joignit Louise et Jan pour les inviter chez elle. Elle préparerait un bon dîner, puis ils leur serviraient du champagne et leur annonceraient la nouvelle. Ainsi que le soulignait Jack, tous deux pourraient dès lors cesser de se cacher et aller où bon leur semblerait. Ils voulaient simplement leur dire qu'ils s'aimaient et qu'ils étaient heureux. La question du mariage n'avait jamais été abordée, et Amanda savait à quel point Jack y était opposé.

Ils avaient fixé la date du dîner pour la semaine suivante, et par miracle, elle convenait à tout le monde. Jack promit d'apporter le champagne et Amanda réfléchit au menu du dîner. Il y aurait quelque chose de touchant, voire de poignant à cette réunion de famille. Dans l'après-midi qui suivit, Amanda ne put se défendre de penser à Matt, et au tournant que son existence avait pris. Elle avait sincèrement aimé son mari, mais il l'avait quittée, et elle était restée. La vie continuait, et aussi difficile que cela pût paraître, elle était tombée très amoureuse de Jack.

Après avoir déployé une activité frénétique toute la semaine, quand le grand jour se leva Amanda se sentit dans un état de nervosité extrême. Pourtant, lorsque Jack arriva avec les vins, la table était prête, le dîner, bien avancé, et elle-même était ravissante.

— Je dois admettre que tu ne ressembles pas du tout à une mère de famille. En tous les cas, on ne croirait jamais que tu as des enfants de l'âge des miens.

— Merci, répondit-elle en souriant

Elle l'embrassa, et quand il l'étreignit, elle sentit combien il la désirait.

Elle le vit alors regarder sa montre, puis lui jeter un coup d'œil interrogateur, mais elle se mit à rire et fit un signe de dénégation.

— Nous n'avons pas le temps, espèce de maniaque.

— Eh bien, si tu leur ouvres à nouveau la porte toute nue, nous n'aurons pas à leur annoncer quoi que ce soit. Ce sera une manière comme une autre de présenter les choses.

— Plus tard, lui promit-elle avec un nouveau baiser.

Il lui suffisait de l'effleurer pour que naisse en elle un désir fou. Julie, Louise et leurs maris furent ponctuels, et Jan et Paul les suivirent de près. Tous avaient fait assaut d'élégance, et ils félicitèrent Amanda pour sa maison. Elle avait mis des fleurs partout, afin de créer une atmosphère de fête. Jan et Louise furent cependant très surprises de trouver Jack chez leur mère. Il sortit de la cuisine en débouchant une bouteille de vin, et salua tous les invités avec aisance, avant d'embrasser Jan et sa fille. Julie comprit aussitôt de quoi il retournait. Elle s'était demandé toute la semaine pourquoi il l'invitait à dîner chez Amanda, et ses soupçons n'avaient fait que croître. Dès qu'elle les vit ensemble, elle n'eut aucun mal à déduire ce qu'il s'apprêtait à leur annoncer. La seule chose qui l'intéressait encore était de savoir s'ils allaient se marier, mais elle décida d'attendre qu'il leur fasse part de leur décision.

Jan se montra très froide envers Jack, et Louise, insolente à son égard, car elle l'ignora ouvertement. Tous paraissaient anxieux, à l'exception de Julie. Cette dernière avait toujours été très libérale et elle inspirait à tous de la sympathie. Heureuse en ménage, elle avait des enfants bien élevés et demeurait très attachée à son père, bien qu'il menât une vie de bâton de chaise. Paul s'était toujours montré plus critique envers ses débordements, et Julie le soupçonnait d'être jaloux. Paul était beaucoup plus modéré, plus timide, et bien qu'il fût beau, il n'avait pas hérité de l'extraordinaire séduction de son père. A peine avait-il pris place dans le salon d'Amanda qu'il parut d'ailleurs irrité et se mit à échanger des coups d'œil soupçonneux avec sa femme.

A table, la conversation demeura languissante, bien que la chère fût excellente et qu'Amanda se fût donné beaucoup de mal. Jack fit de son mieux pour la seconder, s'adressa aimablement à tous, et tint à les faire participer, mais l'intérêt retombait sans cesse. Au dessert, enfin, il leur servit du champagne, les dévisagea à tour de rôle et déclara qu'Amanda et lui avaient une annonce à leur faire.

— Oh, Seigneur! je n'en crois pas mes oreilles, s'écria Louise.

— Voyons, pourquoi ne pas attendre de savoir ce que nous avons à vous dire? répondit Jack avec gentillesse.

Elle lui lança un regard noir. Elle n'avait jamais pu le supporter, et d'ailleurs, il n'avait jamais trouvé grâce non plus devant Amanda, ainsi qu'elle aurait aimé le lui rappeler.

— Votre mère et moi... commença-t-il en jetant un coup d'œil à Jan et à Louise, avant de se tourner vers son fils et sa fille... Amanda et moi nous voyons depuis quelque temps. Chacun de nous apprécie la compagnie de l'autre, et comme nous sommes très heureux ensemble, nous avons voulu que vous le sachiez. C'est tout, cela ne va pas plus loin, mais nous avons préféré vous le dire...

Il sourit à la femme qui lui donnait tant de bonheur depuis deux mois et demi, puis conclut :

— Nous sommes tous les deux certains que vous en serez tous heureux pour nous.

— Eh bien, détrompez-vous, rétorqua sèchement Louise, tandis qu'Amanda virait de la stupéfaction à l'accablement. Toute cette histoire est ridicule. Vous nous avez attirés ici pour nous dire quoi ? Que vous couchez ensemble ? Et nous sommes supposés vous féliciter ? C'est répugnant.

— Ton attitude aussi est déplaisante, Louise, intervint Amanda avec fermeté. C'est très choquant de t'entendre dire des choses pareilles.

Elle s'excusa du regard envers Jack, avant de se tourner de nouveau vers sa fille.

— C'est votre attitude qui est extrêmement choquante, répliqua Louise en laissant éclater sa colère. C'est vous qui nous avez fait venir ici, dans la maison de mon père, pour nous annoncer que vous aviez une liaison. Mon Dieu, maman, as-tu donc perdu toute notion de décence ? Et papa, alors ?

— Quoi, papa ? reprit Amanda en la regardant bien en face. J'aimais ton père, tu le sais. Mais papa est mort, Louise. Le choc a été terrible pour nous toutes, surtout pour moi. A certains moments, l'an passé, j'ai cru que je n'y survivrais pas, et j'ai même eu envie de me suicider, car je ne supportais pas l'existence sans lui. Pourtant, j'ai survécu, et j'ai le droit de continuer à vivre. Jack s'est montré merveilleux à mon égard.

Elle tendit le bras, lui prit la main et chercha à rencontrer ses yeux. Il était soucieux, bouleversé même.

Amanda acheva donc :

— C'est un homme bon et généreux, et il me rend très heureuse, Louise.

— Pourquoi ne pas nous donner les détails de ta vie sexuelle, maman ? Et cette affaire dure depuis combien de temps ? Elle a commencé avant la mort de papa ? Tu avais déjà une liaison avec lui ? C'est cela ?

— Louise ! Comment oses-tu dire des horreurs pareilles ? Tu sais que ce n'est pas vrai ! J'ai commencé à voir Jack après que Jan m'a emmenée à la réception de Chez Julie.

— Oh, mon Dieu... je n'arrive pas à le croire ! s'exclama Jan, avant de se mettre à pleurer.

Pendant ce temps, Paul lançait des regards noirs à son père, et de son côté, Jerry, le mari de Louise, s'absorbait dans la contemplation de son assiette ; la question ne le concernait pas.

Julie prit la parole :

— Pourquoi ne pas nous calmer tous un instant et nous comporter en adultes ? Qu'en dites-vous ?

Sa voix était celle de la raison, et quoiqu'elle la connût à peine, Amanda lui en fut aussitôt reconnaissante.

— Je pense que c'est une bonne idée, dit Jack en s'engouffrant dans la brèche, pendant que les autres rassemblaient leurs forces. Buvons donc un peu de champagne.

Il servit tous les convives, puis leva son verre en regardant Amanda et lui dit :

— A toi, ma chérie, merci pour cet excellent dîner.

Elle sentit les larmes perler à ses paupières, mais aucun de leurs invités ne toucha à son verre.

— Et quand allez-vous vous marier ? demanda Louise, qui les considérait avec dégoût.

— Ce n'est pas à l'ordre du jour, répondit Jack. Nous n'avons pas de raisons de le faire, car nous n'avons pas votre âge et ne voulons pas d'enfants.

Nous menons une existence heureuse, sans éprouver le besoin de légaliser la situation.

Julie sourit ; elle connaissait bien sa phobie du mariage.

Déjà, Jack poursuivait :

— Nul ne va perdre d'argent dans cette affaire, si c'est là votre crainte à tous.

La contrariété qu'il éprouvait devant leur attitude hostile perçait dans sa voix, et Amanda s'en rendait compte.

— Aucun de vous n'a rien à y perdre, insista Jack. Mais vous y gagnerez d'avoir deux parents heureux. Nous vous aimons et nous souhaitons vous faire partager notre joie. Il me semble que ce n'est pas vous demander un gros effort que de vous réjouir pour nous et de l'accepter avec grâce.

Il était maintenant furieux de leur résistance collective.

— Comment as-tu pu nous faire un affront pareil, maman ? protesta Jan, les joues baignées de larmes. Tu le *détestes* !

Elle avait jeté un regard haineux à Jack, mais il se contenta de rire et de prendre la main d'Amanda dans la sienne.

— Je n'en crois rien, Jan. Et de notre côté, nous nous préoccupons beaucoup de ton bonheur et de celui de Paul. Nous parlons très souvent de vous... C'est d'ailleurs l'une des raisons pour lesquelles nous préférons vous annoncer que nous sommes ensemble.

— Eh bien, je trouve que cette affaire est tout à la fois pitoyable et écœurante, déclara Louise en se levant. On pourrait s'attendre à ce que des gens de votre âge restent chastes, bon sang ! Notre père n'était pas dans sa tombe depuis un an que notre chère mère au tempérament volcanique n'a plus eu qu'une idée en tête, sortir avec le premier venu et s'envoyer en l'air.

— Louise ! s'écria Amanda en se levant à son tour. Te souviens-tu à quel point j'étais déprimée et combien vous vous êtes inquiétées à mon sujet ?

— Si nous avions su ce qui nous attendait quand tu te remettrais...

Elle lança un coup d'œil appuyé à son mari, qui se leva aussitôt, avant d'ajouter sur un ton sarcastique :

— Eh bien, cette soirée a été riche d'enseignements. Je vous souhaite de bien vous amuser ensemble.

Sur ce, elle se dirigea à grands pas vers la sortie, récupéra sa veste au passage et claqua la porte derrière son mari et elle, tandis que Jan éclatait en sanglots et que Paul l'enlaçait.

— Jan, s'il te plaît... dit Amanda avec tristesse.

La soirée avait été éprouvante pour tous, mais en premier lieu pour Jack et pour elle.

— Maman, comment as-tu osé faire une chose pareille ? Pourquoi nous l'as-tu annoncé ? Ne comprends-tu pas à quel point cette situation est humiliante pour nous ? Nous ne tenions pas à connaître cette histoire.

— Et pourquoi ? lui demanda Jack sans détour. Pourquoi ta mère n'aurait-elle pas envie de te tenir au courant de la vie qu'elle mène ? Ne souhaites-tu pas la savoir heureuse ?

Il s'exprimait de façon si raisonnable que Jan leva les yeux sur lui et s'arrêta de pleurer.

— Pourquoi ne peut-elle être heureuse toute seule ? Pourquoi ne se contente-t-elle pas du souvenir de mon père ?

— Parce que c'est une femme encore jeune, belle et pleine d'amour de la vie, Jan. Pourquoi devrait-elle rester seule ? Le ferais-tu, toi, s'il arrivait quelque chose à Paul ?

— Ce serait différent.

— Pourquoi ? Parce que tu es plus jeune que nous ? Même les gens de notre âge ont le droit de ne pas vivre seuls, d'avoir de la compagnie, de connaître le bonheur et l'amour.

— Cela n'a rien à voir avec l'amour, coupa Paul d'un ton plein de sous-entendus. Nous savons bien que ce n'est pas ce que tu recherches, papa, n'est-ce pas ?

— Peut-être me connais-tu moins bien que tu ne le crois, mon garçon.

— Moi, je suis contente pour toi, papa, dit Julie posément.

Elle fit alors le tour de la table pour l'embrasser et aller serrer Amanda dans ses bras. Cette dernière en eut les larmes aux yeux. La jeune femme était la seule à leur avoir manifesté de la sympathie. Les autres s'étaient montrés odieux.

— Je regrette que tout ceci ait été aussi pénible pour vous, déclara Amanda d'une voix posée.

Bien qu'elle eût craint d'éclater en sanglots à tout moment, et la tentation était grande, elle ne voulait pas leur donner cette satisfaction.

— Nous ne voulions pas vous bouleverser, reprit-elle, mais il nous a paru plus honnête de vous avertir. Je ne voulais pas vous mentir.

Comme elle cherchait Jan du regard, celle-ci se rendit compte que Paul avait eu raison, le premier de l'An, quand il avait eu l'audace de suggérer qu'il y avait peut-être un homme dans la maison ; il s'agissait de son propre père. Jan ferma les yeux, horrifiée.

— Nous espérons que vous l'accepterez avec le temps, dit Jack avec calme.

Paul murmura quelque chose à sa femme, et ils quittèrent la table pour aller enfiler leur manteau.

— Nous partons, déclara Jan d'un ton boudeur, depuis la porte.

Elle arborait l'expression qu'elle avait à l'âge de cinq ans lorsqu'elle s'apprêtait à faire un caprice.

— Je t'aime, lui dit tristement Amanda, trop abattue pour quitter sa place ou tenter de la retenir.

Quand la porte se fut refermée doucement derrière le jeune couple, Julie et son mari se levèrent à leur tour. Julie s'approcha à nouveau de son père ; c'était une jolie fille, qui lui ressemblait beaucoup.

— Je regrette, papa, elles ont été infâmes.

— C'est vrai.

Il jeta un coup d'œil inquiet vers Amanda. Elle avait prédit que leurs enfants le prendraient mal, mais ni l'un ni l'autre n'avaient imaginé une attaque aussi véhémente.

— Elles reviendront. Je crois qu'elles ont subi un choc en voyant que leur père avait été remplacé, et il est bien difficile d'admettre que les parents aient envie de s'amuser… et d'avoir des relations sexuelles, dit-elle en rougissant.

Son père, très fier d'elle, lui souriait.

— Vous êtes supposés vous comporter comme des modèles, pas comme des êtres humains, ajouta-t-elle non sans sagesse.

C'était une jeune femme pleine de qualités. Les autres n'en étaient pas dépourvues, mais elles n'avaient pas sa largeur d'esprit.

— Je crois que l'émotion a été trop forte pour elles,

dit Jack en s'adressant à Amanda. Tu avais raison, nous n'aurions pas dû le leur dire.

A sa grande surprise, elle affirma aussitôt :

— Je suis contente que nous l'ayons fait.

Elle s'approcha de lui, ainsi que de Julie et de son mari, puis reprit :

— Nous avons agi comme il convenait en les prévenant, et s'ils ne peuvent le tolérer, c'est tant pis pour eux. Nous avons droit à autre chose dans la vie que de tenir simplement notre rôle de parents. Ce qui m'ennuie le plus, c'est que je ne me doutais pas que mes filles étaient aussi égoïstes. Je ne renoncerai pourtant pas pour elles à mener ma vie à ma guise. Je ne vais ni refuser de les aider, ni cesser de les aimer, et si elles ne veulent plus me voir, ce sont elles qui y perdront.

Julie l'étreignit alors, tandis qu'Amanda tremblait d'émotion. Au bout de quelques minutes, la jeune femme et son mari partirent à leur tour. Jack prit Amanda dans ses bras, et elle s'abandonna aux larmes. Il se sentit plein de compassion pour elle, car la soirée s'était révélée bien décevante.

— Je regrette pour toi, ma chérie. Quelle bande de sales gosses nous avons ! lui dit-il, indigné de voir à quel point ils lui avaient fait de la peine.

— Les tiens sont très bien. Julie, du moins. Ce sont les miennes qui se sont montrées détestables.

— Tes filles regrettent leur père, et elles ne croient pas que tu aies le droit de vivre avec quelqu'un d'autre. Je ne le prends pas pour une insulte personnelle. Ce qui m'indigne, en revanche, c'est qu'elles t'aient blessée. Cela leur passera.

— Peut-être.

Si Amanda n'avait pas l'air très convaincue, elle ne

regrettait pas non plus sa liaison avec Jack. Elle se sentait même plus proche de lui.

Dès qu'elle eut débarrassé la salle à manger et mis en marche le lave-vaisselle, ils partirent ensemble pour Malibu. Elle souhaitait se réfugier chez Jack, dans son grand lit, au creux de ses bras, et oublier tout le reste.

Elle avait toujours l'air triste quand il la serra contre lui et qu'ils reparlèrent de la soirée. Il aurait tant voulu adoucir sa peine...

— Accorde-leur du temps, ma chérie. J'imagine que, même à leur âge, cette situation suppose qu'elles fassent un gros effort d'adaptation.

— Elles sont heureuses. Pourquoi n'aurais-je pas le droit de l'être aussi ?

— Parce que tu es leur mère et tu as entendu Julie te le rappeler : les gens de notre âge ne sont pas supposés avoir des relations sexuelles. A Dieu ne plaise ! Tes filles trouvent que c'est révoltant.

— Si seulement elles savaient... C'est bien plus satisfaisant qu'à leur âge.

— Chut !... Gardons le secret ! dit-il.

Il l'embrassa avec tendresse, et un instant plus tard, elle sentit combien il la désirait et combien elle avait tout autant envie de lui. Ils s'aimèrent avec fougue, et par la suite, Jack l'entendit rire tout bas dans le noir. Tout content de la savoir rassérénée, il lui demanda :

— Qu'est-ce qui t'amuse ?

— Tu te souviens du matin du Nouvel An où Jan m'a vue toute nue sur le seuil de la maison, lorsque j'ai refusé de lui ouvrir. Si elle y repense maintenant, elle va en avoir une attaque. Je devais avoir l'air vraiment bizarre.

— Tu étais diablement séduisante... Bizarre n'est pas le mot que j'aurais employé pour te décrire.

Son attitude avait pourtant été des plus surprenantes, car elle avait alors cédé à la panique.

— Nous devrions peut-être abandonner nos enfants et proposer à d'autres de les adopter, dit-elle d'une voix que le sommeil gagnait, avant de se blottir contre lui, le visage près du sien, pendant qu'il l'embrassait.

— Voilà une excellente suggestion. Nous les inviterons à dîner et nous le leur annoncerons.

— Hum… Merveilleuse idée… Tu te chargeras du champagne, et…

Elle sombra dans le sommeil avant de terminer sa phrase, et il baissa les yeux sur elle avec un lent sourire. Amanda était une femme extraordinaire, et pour rien au monde il n'aurait voulu renoncer à elle, quoi qu'en disent leurs enfants et quelle que soit leur indignation. Il allait la garder à jamais, car sa vie en dépendait.

8

La fin du mois de février passa en un éclair, et en mars, les filles d'Amanda lui battaient toujours froid. Jack et elle y faisaient parfois allusion et il savait à quel point cela continuait à la peiner, mais il leur fallait attendre que leurs enfants acceptent qu'ils vivent ensemble. Jan n'appelait presque plus sa mère, et Louise se montrait nettement hostile chaque fois qu'Amanda passait chez elle pour voir ses petits-enfants. La réaction de Louise était d'autant plus incompréhensible qu'elle ne s'était jamais entendue avec son père. Toutefois, Jack et Amanda étaient si occupés que la plupart du temps Amanda n'y pensait pas. Il était indéniable pourtant que l'attitude inamicale de ses filles l'avait beaucoup affectée. Elle semblait avoir sans cesse des problèmes de digestion ou des malaises. Jack la pressait d'aller voir un médecin.

— Cette histoire traîne depuis trop longtemps. Tu dois te faire examiner. Tu as peut-être un ulcère.

— C'est possible.

Il est vrai qu'elle ne supportait plus le café depuis des semaines et qu'elle était épuisée depuis le malheureux dîner avec les enfants, mais elle restait persuadée que son état résultait d'une trop grande émotivité. C'était leur rejet qui l'avait tant touchée. Et de temps à autre, il lui arrivait d'avoir des cauchemars à propos de Matthew. Son mari se dressait toujours en accusateur dans ses rêves, et un psychiatre n'aurait eu guère de peine à lui montrer qu'elle éprouvait un sentiment de culpabilité. Néanmoins, elle n'estimait pas avoir commis une faute telle qu'elle dût renoncer à sa liaison avec Jack. Elle l'aimait plus que jamais. Leur passion ne cessait de croître.

Il l'invita pour la cérémonie de remise des Oscars, qui avait lieu en mars cette année-là. Jack y était toujours invité par ses clients importants. Amanda n'y avait plus assisté depuis qu'elle avait eu un prix elle-même, aussi était-elle ravie à la pensée de s'y rendre en sa compagnie. Il lui fit réserver une robe de Chez Julie. Il s'agissait d'une fabuleuse robe en satin blanc de Jean-Louis Scherrer, aux épaules rebrodées de perles, à laquelle une petite traîne donnait un rare cachet d'élégance. Quand le grand soir arriva et que Jack passa la prendre, il eut le souffle coupé de la voir dans cette tenue. Avec son port de reine, elle avait retrouvé l'ascendant de la grande star qu'elle avait été. Au cours des derniers mois, elle avait même acquis une dimension supplémentaire, car le bonheur avait ajouté de la douceur à son extraordinaire séduction.

— Whaou ! s'écria-t-il, sous le coup de l'admiration.

La robe ne lui avait pas paru avoir autant de charme quand il l'avait choisie la première fois. Sur Amanda, elle était parfaite et modelait sa silhouette comme une seconde peau. La jeune femme avait torsadé ses longs cheveux blonds, puis les avait relevés en un chignon qui se terminait par une cascade de boucles souples. Son teint était aussi clair que le satin blanc et elle portait des pendants d'oreille en diamants, avec un bracelet assorti. Elle avait vraiment une allure folle.

— Tu es fantastique ! reprit-il après avoir sifflé doucement entre ses dents. Les photographes vont en perdre la tête.

— J'en doute, répondit-elle avec modestie, avant de lui prendre le bras pour gagner la limousine qui les attendait.

Jack portait sa courte veste en vison blanc.

Quand ils descendirent de voiture, au Shrine Auditorium, la foule hurla de joie en la voyant. Ainsi que Jack l'avait prédit, on la reconnut tout de suite et son nom résonna jusqu'au moment où la meute de photographes les entoura. Il sentit la main d'Amanda trembler un peu quand il s'en empara, aussi baissa-t-il la tête pour l'encourager d'un sourire. Comme son mari l'avait coupée de ce milieu pendant plus de vingt ans, elle n'était plus habituée à cette atmosphère. Elle avait pourtant acquis une élégance, une grâce sans ostentation qui la rendaient encore plus séduisante.

— Tout va bien ? lui demanda-t-il avec un regard soucieux.

Elle avait l'air un peu nerveuse, mais elle lui répondit d'un sourire et d'un hochement de tête.

Ils se frayèrent un passage à travers les journalistes et les invités qui envahissaient le hall, et gagnèrent leurs places dans l'auditorium, parmi les vedettes que beaucoup adoraient et rêvaient d'approcher. Plusieurs personnes de l'assistance les saluèrent de la main, et Jack adressa un large sourire à certains de ses clients. Il se sentait tout à la fois détendu et fier d'assister à cette manifestation.

La cérémonie commença, et comme d'habitude, dura très longtemps. Les caméras des chaînes de télévision balayaient sans cesse la salle, et quand la soirée s'acheva, ils avaient le sentiment d'être là depuis une éternité. Le prix du meilleur acteur était allé à un débutant, et celui de la meilleure actrice, à une comédienne chevronnée. Cette dernière souleva la statuette au-dessus de sa tête et poussa un tel cri de joie que toute l'assistance se mit debout pour l'applaudir.

— Enfin ! dit-elle avec un grand sourire.

Elle était actrice depuis quarante ans.

Amanda ne put s'empêcher de se souvenir de ce qu'elle-même avait éprouvé, presque trente ans auparavant. C'était l'un des moments les plus enthousiasmants qu'elle ait jamais vécus. A présent, tout cela lui paraissait lointain et sans grande importance, bien que ce souvenir lui fît encore chaud au cœur.

— Quelle impression cela t'avait-il faite, à toi ? lui demanda Jack, alors qu'ils s'apprêtaient à quitter l'auditorium au milieu d'une cohue indescriptible.

— C'était indicible, admit-elle en répondant à son sourire. J'ai failli sauter de joie, tant j'étais excitée. Je n'avais déjà pas cru que je serais sélectionnée, alors obtenir l'Oscar... J'avais vingt-deux ans... C'était prodigieux.

Elle était ravie de reconnaître combien cette récompense avait compté pour elle. Son mari avait toujours trouvé déplaisant qu'elle en parlât.

Ils progressèrent d'environ trois mètres durant les dix minutes qui suivirent. Toutes sortes de gens s'efforçaient de les approcher, de leur parler, de commenter le palmarès ou simplement de les saluer, tandis qu'ils attendaient l'évacuation de la salle. Les représentants de la presse compliquaient l'opération, car ils arrêtaient les stars à la sortie et s'entretenaient avec elles, au beau milieu de la foule, créant ainsi des bouchons monstres.

— Croyez-vous que nous sortirons jamais d'ici, ce soir ? demanda Jack Nicholson, alors que Amanda et Jack piétinaient près de lui.

Amanda fit une moue dubitative avant de lui sourire. S'il ne lui avait jamais été présenté, elle admirait son talent.

— Tu le connais ? lui demanda plus tard Jack, intéressé.

— Non, mais j'aime bien ses films.

— Nous devrions revoir les tiens, un jour, dit-il.

Cette idée ne lui était encore jamais venue à l'esprit, car il était très rare qu'Amanda fît allusion à sa carrière.

— Comme ce serait déprimant ! s'écria-t-elle en riant. Je ne saurais rien imaginer de pire que de me revoir à l'âge de vingt ans, puis de me regarder dans un miroir. En outre, je n'étais pas si bonne actrice que ça.

Jack secoua la tête pour protester devant tant d'humilité. Ils progressèrent de quelques centimètres avant d'être à nouveau coincés. La chaleur et la foule étaient oppressantes. Amanda se sentait fondre et elle imaginait volontiers que Jack devait souffrir dans son smoking. En dépit de leur inconfort, les gens restaient de bonne humeur ; chacun riait, parlait, saluait de loin ses amis. Alors que Jack venait de reconnaître l'une de ses clientes à cinq mètres de lui, Amanda sentit que la tête lui tournait. Elle vit Jack remuer les lèvres en poursuivant la conversation, puis indiquer la sortie du geste, puis les oreilles lui tintèrent et elle eut un étourdissement. Jack ne s'apercevait de rien. Elle le tira par la manche, et quand il se tourna vers elle, il vit avec stupeur qu'en quelques minutes son visage s'était décomposé.

— Je me sens mal, murmura-t-elle. Il fait si chaud, ici... Je suis navrée.

— Veux-tu t'asseoir ?

Il sentait, lui aussi, la migraine le gagner, et les projecteurs, toujours braqués sur eux, n'amélioraient pas la situation ; la chaleur devenait insupportable et ils restaient prisonniers de la foule dans les allées. Pour rejoindre les fauteuils, il aurait fallu pouvoir voler. Jack s'en rendit compte dès qu'il eut parlé. Un coup d'œil sur Amanda lui révéla qu'elle n'était plus blanche, mais verte, et qu'elle clignait des yeux comme si sa vue se brouillait. Il la saisit d'un bras ferme et tenta en vain de fendre la foule.

— Jack... commença-t-elle d'une voix faible.

Il la vit battre des paupières, puis son regard se révulsa et elle s'évanouit. Il eut juste le temps de la rattraper dans sa chute, tandis qu'un murmure s'élevait autour d'eux, et qu'une femme poussait un cri de stupeur.

Quelqu'un lança un appel. Leurs voisins cherchèrent à s'écarter, chacun demandant ce qui se passait. Jack était très inquiet pour sa compagne.

— Donnez-lui un peu d'air, s'il vous plaît... Reculez !

Près de lui, un homme cria :

— Appelez la sécurité !

L'hystérie gagnait l'assistance et Amanda restait inerte dans ses bras. Il la souleva de terre et la tête de la jeune femme roula contre sa poitrine. Deux ouvreuses surgirent de nulle part avec des sels et une poche de glace. Aussitôt après, Amanda reprit conscience et leva les yeux vers Jack, sans comprendre ce qui lui arrivait.

— Tu t'es trouvée mal, ma chérie... C'est la chaleur... Ne t'inquiète pas.

Telles les eaux de la mer Rouge, la foule s'écarta juste assez pour qu'il puisse l'emporter jusqu'à une rangée de sièges, et l'y déposer en douceur. Quelques secondes plus tard, une équipe de secouristes les rejoignit et examina Amanda.

— Comment vous sentez-vous, à présent? lui demanda l'un d'eux.

— Toute bête, répondit Amanda avec un pâle sourire, avant de jeter à Jack un regard d'excuse. Je suis tout à fait désolée.

— Ne dis donc pas de sottises, protesta Jack, toujours anxieux.

Elle avait encore la tête qui tournait, il le voyait bien, et n'était sans doute pas capable de se lever et de sortir seule du théâtre, même si elle essayait.

— Allons chercher un fauteuil roulant, offrit l'une des ouvreuses, à la grande confusion d'Amanda.

— Non, vraiment... Je vais mieux... Nous sortirons quand la foule aura un peu diminué.

C'est alors que les ouvreuses proposèrent de les faire sortir par une issue de secours. Jack les pria de la leur montrer sans plus attendre. Les secouristes dirent à Amanda qu'elle pouvait partir si elle s'en sentait la force, puis lui conseillèrent d'aller voir un médecin dès le lendemain matin, et Jack, la mine sévère, approuva cette suggestion. Il passa un bras puissant autour de la taille de sa compagne, et la porta à demi jusqu'à la sortie de secours. Quelques instants plus tard, ils se retrouvaient à l'air libre, et Amanda se sentit mieux. Elle prit une profonde inspiration, puis remercia les ouvreuses et s'excusa de les avoir dérangées. Elle était surtout reconnaissante que les représentants de la presse ne se soient aperçus de rien. Nul ne les guettait donc, et Jack, après l'avoir laissée sous la surveillance des ouvreuses, partit chercher la limousine, puis revint et la fit monter. Cinq minutes plus tard, ils roulaient en direction de la maison de Jack, et Amanda s'appuyait au dossier de la banquette arrière avec une expression d'épuisement total.

— Je suis navrée, répéta-t-elle pour la centième fois. Je ne sais pas ce qui m'a prise.

— Voilà pourquoi il faut que tu ailles voir un médecin.

— Je crois que c'était l'effet combiné de la chaleur et de la foule. D'un seul coup, je me suis sentie incapable de respirer, dit-elle en prenant le verre d'eau qu'il avait sorti du bar de la limousine. Il y a toujours des gens qui s'évanouissent à la remise des Oscars, Jack. Je regrette beaucoup que cela me soit arrivé.

— Eh bien, ne recommence pas !

Il se pencha vers elle et l'embrassa. Elle était toujours d'une grande beauté mais sa pâleur était telle qu'il s'inquiétait beaucoup à son sujet.

— Tu m'as fait une peur de tous les diables, là-bas. Heureusement qu'il y avait toute cette foule, elle t'a empêchée de tomber quand tu as perdu connaissance. Au moins, tu n'as pas eu de commotion cérébrale.

— Je te remercie, Jack

Il veillait si bien sur elle...

Une fois chez lui, elle enleva sa robe et se coucha aussitôt. En dépit de sa coiffure sophistiquée, de son maquillage et de ses boucles d'oreille en diamants, elle avait l'air d'une adolescente. Prise de fou rire en songeant à la façon dont s'était terminée la soirée, elle lui confia :

— Je ne me résigne pas à l'idée d'avoir fait une sortie pareille.

— C'était très théâtral, convint-il d'un ton moqueur, avant de lui sourire et de desserrer sa cravate. Veux-tu que je t'apporte quelque chose? De l'eau? Du thé?

Elle réfléchit, les sourcils froncés, puis répondit à son sourire : elle mourait de faim.

— Est-ce que je pourrais avoir un peu de crème glacée?

— De la crème glacée? s'étonna-t-il. Tu dois te sentir mieux. Je vais voir ce qu'il y a. A quel parfum l'aimerais-tu?

— Hum... au café.

— Vos désirs sont des ordres.

Il salua et revint deux minutes plus tard avec un bol pour elle et un autre pour lui, puis il s'assit au bord du lit pour déguster sa glace en même temps qu'elle.

— Tu étais peut-être tout simplement affamée, suggéra-t-il, plein d'espoir.

Il se rendait compte que depuis quelque temps elle était souvent très pâle, et qu'il n'y avait pas prêté assez attention. Au début de leur rencontre, il l'avait trouvée rayonnante, mais à présent, elle était fatiguée. Il savait qu'elle se tourmentait toujours au sujet de ses filles, et que celles-ci ne lui facilitaient pas la tâche en refusant d'admettre qu'elle ait une relation avec lui.

Jack décida donc de prendre les choses en main dès le lendemain. A peine furent-ils levés qu'il s'enquit du numéro de téléphone du médecin traitant d'Amanda et l'appela. Il résuma à la secrétaire l'incident de la veille et demanda un rendez-vous pour Amanda, le matin même.

— Et vous êtes monsieur… ?

— M. Watson, répondit-il, avant de noter l'heure du rendez-vous. Je suis un ami et je l'accompagnerai.

— Très bien, monsieur Watson. Nous vous attendons à onze heures.

Le cabinet médical était situé à Beverly Hills ; aussi, après avoir apporté une tasse de thé à Amanda et l'avoir avertie, Jack décida d'aller faire un tour sur la plage. La jeune femme paraissait heureuse de rester un peu couchée, ce matin-là, et s'il pensait à juste titre qu'elle ne se sentait pas aussi bien qu'elle le prétendait, il n'insista pas. Ils en sauraient sans doute davantage après avoir vu le médecin.

Tandis qu'il marchait sur la plage, d'horribles doutes l'assaillirent et il se mit à courir pour échapper à la terreur qu'ils lui inspiraient. Tout pouvait arriver… Amanda avait une tumeur au cerveau… un cancer des os… des métastases s'étaient développées, puis disséminées dans son corps sans qu'ils aient soupçonné leur existence. Il imaginait les pires scénarios, et quand il cessa enfin de courir pour s'asseoir, il s'aperçut qu'il pleurait. Il allait revivre ce qu'il avait déjà connu. Parmi des millions de femmes, il avait enfin trouvé celle entre toutes qui lui inspirait un profond amour, et voilà qu'elle était frappée d'une affection redoutable et peut-être même menacée de mort. Tout allait se passer comme pour Dori, se disait-il ; elle disparaîtrait et il ne s'en remettrait jamais. Il posa la tête sur ses genoux et, ainsi recroquevillé, pleura comme un enfant. Il lui était impossible de se tourner vers elle pour chercher du réconfort, car il ne fallait pas l'effrayer. Mais par-dessus tout, il ne voulait pas la perdre.

Il s'absenta près d'une heure, et quand il revint, elle était habillée, prête à partir. Jack nota qu'elle avait meilleure mine qu'au réveil, mais son inquiétude ne s'en trouva pas dissipée pour autant. Seule parviendrait maintenant à le calmer l'assurance des médecins qu'Amanda n'avait aucune tumeur maligne, aucune maladie incurable. L'incertitude le rongeait, mais il s'obligea à parler d'un ton détendu, tandis qu'il enfilait sa veste et jetait un coup d'œil sur sa montre. Il était temps de partir pour le cas où les routes seraient encombrées.

— Tu es prête ? lui demanda-t-il, nerveux.

Il avait l'impression d'avoir été condamné à la guillotine. Tout se passait comme si sa vie allait être bouleversée, comme s'il ne reviendrait jamais dans cette maison avec la même liberté d'esprit. Il se cuirassait d'avance contre la douleur que lui causerait la pire des nouvelles, parce qu'il l'aimait.

Juste avant qu'ils ne partent, elle lui jeta un regard plein d'une douceur qui le toucha au cœur :

— Mon chéri, je n'ai rien de grave, je t'assure. On va sans doute simplement m'annoncer que j'ai un ulcère. J'en ai eu un autrefois, quand mes filles étaient petites, mais de nos jours le traitement s'est beaucoup simplifié. Il suffit d'avaler quelques gélules et l'ulcère disparaît comme par magie.

— Tu aurais dû t'en occuper depuis longtemps, lui reprocha-t-il tandis qu'ils se dirigeaient vers la Ferrari.

— J'étais trop prise, assura-t-elle pendant qu'elle s'asseyait à côté de lui.

D'ordinaire, elle aimait rouler avec lui, mais ce matin-là, alors qu'ils se dirigeaient vers le centre-ville, Jack prenait les virages si serrés et changeait si brutalement de file qu'il lui donnait mal au cœur. Mais de crainte d'accroître encore sa nervosité, elle n'osa lui en faire la remarque.

Le médecin d'Amanda était installé dans un cabinet médical au 435 North Bedford. La salle d'accueil était pleine à leur arrivée, et il leur sembla que l'attente était interminable. Pendant que Jack feuilletait des magazines, Amanda ferma les yeux. Il lui jetait un coup d'œil de temps à autre et il était frappé par sa pâleur et son air malade. Pour le lui avoir demandé, il savait qu'elle ne souffrait pas ; simplement, elle ne se sentait pas dans son état normal. Or il n'était plus possible de mettre ces symptômes sur le compte d'un virus transmis par les enfants de Louise, puisqu'ils avaient eu la grippe plus d'un mois auparavant. La cause était sûrement plus grave.

La secrétaire appela enfin Amanda. Jack suivit cette dernière des yeux et lui fit un sourire encourageant lorsqu'elle se retourna vers lui avant d'entrer dans le cabinet du médecin. Elle était nerveuse, elle aussi, et même s'ils voulaient se donner le change, ni l'un ni l'autre n'étaient très rassurés.

Amanda dut toutefois s'avouer qu'elle était soulagée de se trouver assise devant le médecin. C'était un homme courtois dont le visage lui était familier, puisqu'il la suivait depuis près de vingt ans. Comme il avait également été le médecin traitant de Matt, il commença par lui demander si elle se sentait très seule. Elle éprouva de la gêne à lui parler de Jack, bien que celui-ci se trouvât dans la pièce voisine, aussi se contenta-t-elle d'un hochement de tête avant d'évoquer ses malaises. Elle lui parla de l'épidémie de grippe qui avait touché sa famille le mois précédent, de ses problèmes digestifs, de son incapacité à supporter le café et le chocolat, autant de signes qui lui paraissaient annoncer un ulcère.

Le docteur lui demanda si elle avait vu un gynécologue récemment, si on lui avait fait une mammographie et un frottis vaginal, et elle dut admettre que non. Elle aurait dû passer ces examens à l'époque où Matt était mort, et elle ne s'en était plus souciée par la suite.

Le médecin prit un ton sévère :

— Vous devriez, vous savez. A votre âge, il faut faire ces deux examens tous les ans.

Elle lui promit de s'en acquitter sans tarder, et quand il lui demanda si elle avait remarqué des symptômes avant-coureurs de la ménopause, elle répondit qu'il lui semblait en relever quelques-uns depuis peu.

Il hocha la tête. Pour une femme de cinquante et un ans, la nouvelle n'était pas une surprise pour lui.

— Des bouffées de chaleur ?

— Non, pas encore. Je me sens simplement très lasse, et j'ai constaté une irrégularité dans mes règles.

Si certaines de ses amies se plaignaient d'une constante fatigue, elle-même ne la ressentait que depuis peu. Au début, elle avait cru qu'il s'agissait des effets secondaires de sa nouvelle vie amoureuse, mais depuis quelques semaines, elle penchait pour une autre explication. C'est à peine si elle pouvait mettre un pied devant l'autre.

Le médecin lui posa bien d'autres questions, puis conclut par le même diagnostic qu'elle. Il s'agissait sans doute des premiers effets de la ménopause, et peut-être aussi souffrait-elle d'un nouvel ulcère.

— Je vais vous envoyer à l'hôpital pour faire un contrôle échographique. Voyons ce que cela donne avant d'entreprendre des examens plus approfondis. Ne précipitons rien. Allez voir votre gynécologue dès demain. Il vous prescrira peut-être une hormonothérapie substitutive qui vous remettra d'aplomb en un rien de temps. Il sera bon d'aborder la question avec lui.

Amanda l'écouta sans l'interrompre, approuvant d'un hochement de tête, et il lui tendit une ordonnance où il avait noté ses observations, avant de lui préciser dans quel service se rendre à l'hôpital. Il ajouta qu'on lui fournirait les résultats des premiers examens sans plus attendre, si le médecin responsable du service était là. Sinon, lui-même l'appellerait le lendemain pour lui préciser si elle avait un ulcère.

— Vous avez bien compris ? demanda-t-il pour finir, avant de la raccompagner à la porte du cabinet.

Amanda alla aussitôt retrouver Jack qui l'attendait, les traits tirés ; dès qu'il la vit, son visage s'éclaira comme celui d'un enfant perdu qui apercevrait sa mère. Elle était restée absente près d'une heure.

— Alors, qu'a-t-il dit ?

— En gros, ce que j'attendais. Il a parlé de... certains changements qui s'opèrent dans mon corps, et peut-être d'un ulcère... Il demande que j'aille passer une échographie à l'hôpital, maintenant. Veux-tu rentrer à la boutique ? Cela m'ennuie de te faire perdre la journée pour cette sottise. Il m'a déjà gardée un temps fou.

— Je t'accompagne, dit-il, résolu, bien qu'il fût soulagé d'apprendre que le médecin n'avait rien trouvé de grave — du moins jusque-là.

— Croit-il qu'il existe des raisons de s'inquiéter ? reprit-il au moment où ils arrivaient à la voiture.

Un peu mélancolique, Amanda se contenta de répondre par un signe de dénégation.

— Il croit que j'ai besoin d'hormones. C'est plutôt déprimant. Je me sens devenir vieille.

— Oh, ma chérie… Voyons… Tu n'es encore qu'un bébé…

Jack avait le don de lui remonter le moral, aussi lui adressa-t-elle un timide sourire avant de s'installer dans la Ferrari. Aussitôt, ils partirent sur les chapeaux de roue en direction de l'hôpital.

Une fois sur place, il leur fallut à nouveau patienter un temps infini avant que n'arrive le tour d'Amanda. Cette fois, Jack décida de ne pas la quitter. Il n'aimait pas les hôpitaux et n'avait pas envie qu'on l'examine sans qu'il puisse savoir ce qui lui arrivait.

L'échographiste commença par leur expliquer qu'il n'y aurait pas d'exploration interne au cours de cet examen. On allait étaler un gel colloïde sur l'abdomen d'Amanda, puis y passer une sonde, reliée à un appareil d'ultrasons. Ces derniers, réfléchis par les surfaces qui limitent les différentes couches des tissus internes, seraient transformés dans la tête émettrice-réceptrice de la sonde en ondes électromagnétiques que l'on visualiserait sur un écran de contrôle. L'image ainsi formée leur permettrait de voir si elle avait des kystes ou un ulcère. Tout cela semblait d'une relative simplicité, mais Jack tenait toujours à ne pas quitter sa compagne.

Amanda se déshabilla dans un vestiaire et ressortit vêtue d'une seule blouse blanche, puis vint s'allonger sur la table d'examen. On offrit à Jack un tabouret derrière la tête de cette table, afin qu'il puisse surveiller ce qui se passait sur l'écran, et il eut d'abord l'impression d'avoir sous les yeux une carte météorologique. On appliqua la gelée sur le ventre d'Amanda, et l'échographiste y promena le capteur en forme de micro. La patiente éprouvait une sensation de froid et trouvait le tout plutôt ennuyeux. Soudain, la technicienne fronça les sourcils, puis examina avec attention un secteur du bas de l'abdomen. La pression de la sonde semblait assez désagréable à Amanda. L'échographiste leur annonça qu'elle allait chercher quelqu'un pour étudier l'image avec elle, et qu'elle serait aussitôt de retour. Ils virent arriver un interne, qui se présenta à eux, puis examina l'écran avec intérêt.

— Vous voyez quelque chose d'anormal? lui demanda Amanda en feignant un calme qu'elle n'éprouvait pas.

Il était clair qu'ils avaient distingué quelque chose qui les intriguait ou les inquiétait. Pourtant, c'est avec nonchalance que l'interne répondit :

— Pas du tout. Nous voulions simplement nous assurer que nous voyions bien la même chose. Deux observations valent parfois mieux qu'une, même si nous avons là une image bien nette. A quand remontent vos dernières règles, madame Kingston?

— A deux mois, répondit-elle d'une voix étranglée.

Elle avait sans doute quelque chose aux ovaires ou à l'utérus... Il n'était donc pas question de ménopause, mais de cancer... Elle n'osait regarder Jack.

L'interne acquiesça.

— Vous avez sans doute raison, dit-il avant de cadrer sur le bas de l'écran pour obtenir une image grossie du secteur qui l'intéressait.

Il appuya sur une touche du clavier et une minuscule silhouette, blanche et mobile, se détacha sur le fond sombre du liquide dans lequel elle baignait.

— Regardez bien, reprit-il en montrant la virgule avec le doigt. Vous voyez cela?

Amanda fit signe que oui, et Jack fixa la tache sans

paraître la voir. « C'est donc là que se trouve la clé du problème », se dit-il.

— Savez-vous ce que c'est ?

— Une tumeur ? demanda-t-elle d'une voix enrouée.

— Un bébé. Je dirais que vous êtes enceinte d'environ deux mois. En fait, si vous m'accordez une minute, je pourrais fixer le terme.

— Le quoi ? s'écria-t-elle en se mettant sur son séant et en faisant tomber la sonde. Je suis... quoi ?

Elle entendit un bruit sourd derrière elle et se retourna juste à temps pour voir Jack glisser du tabouret et tomber de tout son long sur le sol. Il s'était trouvé mal.

— Ah ! Je l'ai tué... Venez à son secours, cria-t-elle en se penchant sur lui.

Jack poussa un gémissement pitoyable, et à peine commençait-il à reprendre conscience qu'il porta une main à l'arrière de sa tête.

L'interne appuya sur un bouton pour appeler le personnel, et une équipe d'infirmiers arriva au pas de course au moment où Jack ouvrait les yeux. Amanda, agenouillée, sentait la bosse grossir sous ses doigts.

— Mon Dieu... Comment te sens-tu ?

L'interne renvoya les infirmiers après que l'échographiste leur eut demandé d'apporter de la glace, puis Jack s'assit lentement.

— Je vais bien. J'ai juste essayé de me suicider, voilà tout. Pourquoi m'en as-tu empêché ?

L'interne leur fit un sourire hésitant et dit :

— Si je comprends bien, c'est une surprise pour l'un comme pour l'autre. Cela arrive quelquefois, surtout dans les cas de bébés tardifs.

— *Tardifs* ? s'étonna Amanda en lui faisant face. Je croyais qu'il n'était plus question de bébés pour moi.

— Avez-vous pensé que vous aviez des troubles de la ménopause ? dit-il.

Amanda fit signe que oui, tout en aidant Jack à s'asseoir sur la table d'examen. Il s'y allongea et elle appliqua sur sa bosse la poche de glace que l'échographiste lui tendait.

— Ne faut-il pas craindre une commotion ? demanda-t-elle, pleine d'inquiétude.

L'interne examina les yeux de Jack, puis leur assura qu'il n'en était rien.

— Tu as de la chance que je n'aie pas eu une crise cardiaque, dit Jack à Amanda. Comment cela a-t-il pu arriver ?

Tous deux le savaient pourtant. Il avait renoncé à utiliser des préservatifs en janvier, quand il avait reçu les résultats négatifs du test de dépistage du sida. De son côté, Amanda s'était crue certaine de ne plus jamais avoir d'enfants.

— Dis-moi que je rêve ! gémit-il, avant de fermer les yeux, tant sa tête était douloureuse.

— La nouvelle me sidère autant que toi, répondit Amanda à voix basse, en contemplant sur le moniteur l'image de leur bébé.

Or, depuis qu'ils l'avaient découverte, une date était venue s'y inscrire, celle du 30 septembre.

— Et voilà la date du terme, celle où naîtra le bébé, déclara l'interne d'un ton guilleret qui donna à Jack envie de l'étrangler. Nous allons adresser un compte rendu d'examen à votre médecin traitant. Toutes mes félicitations !

Sur ce, il quitta la pièce pour aller voir un autre

patient, et l'échographiste leur tendit un cliché, sorti du reprographe depuis quelques secondes.

— Voilà la première photo de votre bébé, leur dit-elle avec le sourire, avant de tout effacer pour accueillir la prochaine patiente.

Il fallait libérer la salle. Jack se leva avec difficulté, et dit à Amanda :

— Cette histoire me paraît toujours aussi invraisemblable.

Il était plus affecté qu'elle, car Amanda se sentait soulagée depuis qu'elle savait qu'elle n'avait ni une tumeur cancéreuse, ni un ulcère, et qu'elle attendait simplement un bébé.

— Elle l'est pour moi aussi, admit-elle en lui jetant un coup d'œil embarrassé. Je vais m'habiller.

Elle revint au bout de quelques instants, et ils sortirent à pas lents de la pièce, portant toujours la poche de glace. Ni l'un ni l'autre ne dirent mot jusqu'à ce qu'ils soient dans la voiture, et une fois là, Jack se contenta de la dévisager. Il avait l'impression que toute sa vie défilait devant lui. Il avait redouté de se trouver dans une situation comparable, mais pas avec une femme à laquelle il était attaché, et il ne s'était pas attendu à se l'entendre confirmer d'une manière aussi brutale. Avec des filles d'une trentaine d'années, on savait que si l'on ne prenait pas de précautions, on courait des risques, mais avec une femme de cinquante ans… Doux Jésus !

— Je n'arrive pas à réaliser que je suis enceinte, dit-elle.

Il vit qu'elle tenait toujours le cliché à la main et s'écria :

— Jette-moi ce document ! Cela me fait peur.

Ce qu'ils avaient vu palpiter sur l'écran, c'était le

cœur de l'enfant, et l'interne leur avait déclaré que le fœtus paraissait en bonne santé.

Depuis qu'elle était dans la Ferrari, Amanda examinait ce cliché et n'entendait pas s'en séparer. Jack lui proposa alors :

— Veux-tu que nous allions dans un endroit tranquille pour en parler? Ou simplement rentrer chez nous et absorber le choc?

Il comprenait que c'était un moment important pour elle. Quel malheur que cela leur soit arrivé! Au bout du compte, pourtant, ils en sortiraient peut-être mieux soudés? Il l'espérait, du moins. Et il entendait bien rester auprès d'elle pour la soutenir.

— Faut-il que tu ailles au bureau?

— Ce serait préférable. Pourtant, si tu veux que nous parlions, je préviendrai Gladdie. De ton côté, il faudrait que tu expliques la situation à ton médecin.

— Je ne sais plus que dire, admit Amanda à voix basse en le regardant.

La nouvelle avait quelque chose de stupéfiant, de terrifiant même. Elle ne parvenait pas encore à en envisager toutes les implications.

— C'est ma faute, reconnut-il d'un ton morne. J'aurais dû faire attention. J'étais si heureux de me débarrasser de ces maudits préservatifs, après tant d'années, que j'en ai perdu toute prudence... ce qui était tout à fait stupide.

— Je n'ai pas cru un seul instant que cela pourrait m'arriver, avoua-t-elle, toujours sous le choc.

— Il est vrai qu'une grossesse d'adolescente pour une quinquagénaire... commença-t-il, moqueur, avant de se pencher vers elle et de l'embrasser. Pourtant, je t'aime. Je suis bien content que tu sois en bonne santé, que ce ne soit pas une horrible maladie.

Sur ce plan-là, il était rassuré, en effet, et il ne leur restait plus que des regrets pour ce qui attendait Amanda.

— Au moins, c'est une affaire que nous réglerons sans difficulté, dit-il en se voulant rassurant, au moment où ils s'arrêtaient à un feu rouge.

Amanda, en plein désarroi, tourna la tête vers lui.

— Que veux-tu dire ? questionna-t-elle d'une petite voix tendue.

— Eh bien, tu ne vas pas le garder, à ton âge. Ce serait ridicule. En outre, nous ne voulons ni l'un ni l'autre de cet enfant. Que ferions-nous d'un bébé ?

— Qu'en font les autres ?

— Ils ont en général vingt ans de moins, et puis ils sont mariés.

La voyant changer de visage, il se gara le long d'un trottoir et lui demanda :

— Tu ne vas pas me dire que tu souhaites le garder ?

Elle ne répondit pas, mais ce qu'il lut dans ses yeux l'emplit de terreur.

— Tu n'es pas folle ? poursuivit-il. J'ai soixante ans, et toi, presque cinquante et un. Nous ne sommes pas mariés et tes filles me détestent déjà. Comment crois-tu qu'elles accueilleront une surprise de cette taille ?

Il ne savait plus à quoi s'en tenir. L'idée qu'Amanda voudrait garder ce bébé ne l'avait même pas effleuré.

— C'est notre vie, pas la leur, objecta-t-elle. Et pour ce qui est du bébé, Jack, tu me demandes de tuer un être humain.

Une douleur sans nom se lisait dans ses yeux, à présent.

Pour la première fois depuis qu'il la connaissait, il éleva la voix :

— Quelle idiotie ! Pour l'amour du ciel, montre-toi raisonnable, Amanda. Tu ne peux pas envisager de mettre au monde cet enfant.

— Je n'accepterai pas de le sacrifier.

Bien qu'elle n'eût pas encore pris le temps d'y réfléchir, elle savait sans l'ombre d'un doute qu'elle ne demanderait pas un avortement.

— Ce n'est pas un bébé. C'est une simple tache de rien du tout sur un écran. C'est une menace pour notre équilibre mental et notre vie commune, ne le comprends-tu pas ? Nous ne pouvons faire un choix pareil ! cria-t-il.

Elle lui lança un regard de défi, mais n'ouvrit pas la bouche.

— Alors, c'est moi qui n'accepte pas une chose pareille. Je n'en veux pas et tu ne peux pas m'y contraindre ! Tu ne m'obligeras pas à avoir un enfant à mon âge. Il faut que tu acceptes un avortement thérapeutique.

Il était tenté de la secouer, mais, malgré l'intensité de sa colère, il n'aurait jamais levé la main sur elle.

— Je ne suis obligée à rien, Jack. Et je ne suis pas l'une de tes petites amies cherchant à te piéger. Je n'ai pas voulu cette situation, et cependant, tu ne me contraindras pas à adopter une solution qui me déplaît sous prétexte que tu es trop froussard pour accepter la réalité. Je suis enceinte, et il s'agit bien de notre bébé.

— Très bien, tu es cinglée. Ce doit être une question d'hormones. Ah, mon Dieu, toute cette histoire est insensée.

Il embraya et prit la direction du quartier de Bel Air, où était située la maison d'Amanda.

— Ecoute, Amanda, enchaîna-t-il tandis qu'il s'engageait dans Rodeo Drive, tu peux faire ce qui te chante, mais moi, je ne servirai pas de père à cet enfant. Je ne veux pas me lever la nuit pour chauffer des biberons ou soigner des otites, et je n'irai pas sur un terrain de base-ball pour l'entraînement des poussins. Je n'assisterai pas non plus à une remise de diplôme de fin d'études quand j'aurai quatre-vingt-dix ans.

— Tu n'auras que quatre-vingts ans. Quatre-vingt-deux pour être précise. Et pour tout dire, tu manques de cran.

Elle avait à peine terminé qu'elle fondit en larmes. Il tenta alors de retrouver son calme et de la raisonner.

— Voyons, chérie... Je sais ce que tu ressens. Tu viens de subir un choc. D'abord, on a cru que tu avais une grave maladie, et maintenant, on sait que tu es enceinte. Tu n'as pas les idées claires. Un avortement, c'est une épreuve, je le comprends. Pourtant, pense à la manière dont un enfant bouleverserait ta vie, même en faisant abstraction de la mienne. Envisages-tu vraiment de tout recommencer ? Conduire à tour de rôle ton enfant et ceux des voisins à l'école, quand tu auras soixante ans ?

— Il me semble que tu conduis très bien, à ton âge. Je suis sûre que je pourrai conserver mon permis durant les neuf années à venir, si je m'entraîne. Je ne suis pas stupide. Seulement, il ne s'agit ni de mon choix, ni du tien ; c'est un don du ciel. On nous accorde un inestimable cadeau. Nous n'avons pas le droit de le refuser, point final...

Elle lui jeta un regard, désireuse de l'attendrir. Quand elle se rendit compte que c'était sans espoir, elle se contenta de baisser la tête et s'abandonna aux larmes.

— Jack, avoua-t-elle, je ne pourrais pas.

— Tu ne m'avais pas dit que tu avais des convictions religieuses.

Bien qu'il eût pitié d'elle, il se sentait tout à la fois trompé et furieux. Elle n'avait pas à lui imposer une telle ligne de conduite. Dori ne s'y serait pas risquée.

Quand ils s'arrêtèrent devant chez elle, il lui fit face et l'entendit déclarer d'une petite voix claire :

— J'ai des idées très arrêtées sur ce point.

— Moi aussi, Amanda, et rien de ce que tu pourras dire ne me fera changer d'opinion. Je ne veux pas tenir un rôle dans cette affaire, et je ne tiens pas à être mis au courant. Si tu choisis l'interruption volontaire de grossesse, je serai à ton côté, je te tiendrai la main, je pleurerai avec toi et je t'aimerai jusqu'à la fin de ma vie. En revanche, rien ne me forcera à élever un enfant à mon âge.

Et son ton résolu disait sa conviction profonde.

— Beaucoup d'autres hommes de ton âge l'acceptent, surtout ici, à Los Angeles. La moitié des pères que je vois accompagner des femmes d'une trentaine d'années, enceintes jusqu'aux yeux, chez mon gynécologue, sont plus âgés que toi.

Tout en parlant, elle avait dessiné dans le vide une forme de montgolfière, et il avait dû résister à l'envie de faire la grimace.

— Eh bien, ils sont séniles, assura-t-il. Ma décision est irrévocable. Amanda, si tu as ce bébé, je te quitterai.

— Au revoir, alors, dit-elle en le regardant soudain avec haine. Fais ce que tu veux, mène ta vie à ta guise, et je vivrai la mienne comme je l'entends, car c'est mon corps, et c'est mon bébé. Et comme tu n'as aucun droit là-dessus, va-t'en au diable, Jack. Va retrouver tes stupides starlettes. J'espère qu'elles tomberont toutes enceintes ; c'est ce que tu mérites.

— Merci d'avoir joué cette partie avec moi, répondit-il.

Elle sortit de la voiture et claqua la portière avec violence, puis courut jusqu'à sa porte, l'ouvrit et s'engouffra chez elle sans se retourner. Cinq secondes plus tard, elle entendit la Ferrari démarrer sur les chapeaux de roue, se laissa tomber sur une chaise et se mit à sangloter. Elle l'avait perdu ; elle avait tout perdu... Pourtant, elle ne céderait pas. Elle n'avait plus le choix, à présent : elle mettrait ce bébé au monde, mais quelles explications allait-elle fournir à ses filles ?

9

Les trois jours qui suivirent furent un véritable supplice pour l'un comme pour l'autre. Jack s'emporta même contre Gladdie, ce qui ne lui était pas arrivé depuis des années. Si cette dernière ignorait ce qu'avait son patron, elle comprenait que plus rien ne tournait rond. L'absence d'appels d'Amanda ne lui avait pas échappé. De son côté, Jack ne prenait plus les communications de Julie et de Paul. Il n'avait plus de relations avec ses amis.

Pour sa part, Amanda vivait en recluse chez elle et se comportait comme si elle avait repris le deuil. Quand Louise passa la voir avec ses enfants, Amanda refusa de les laisser entrer. Elle prétendit souffrir de maux de tête et semblait en effet mal en point.

Au bout de quelques jours, Louise appela Jan et lui demanda :

— Sais-tu si maman a des problèmes ?

Jan avait seulement appris que son beau-père n'acceptait plus les appels de Paul.

— Peut-être que ces deux obsédés sexuels ont rompu, dit-elle. Si c'est vrai, que le Seigneur en soit remercié. Alléluia ! s'exclama sa sœur.

— Oh, voyons, Lou, la reprit Jan.

— Comment, tu es de leur côté, maintenant ? dit Lou, stupéfaite.

— Non, mais tu sais bien que ce sont des adultes et que papa n'est plus là. Ils ont peut-être le droit de se comporter comme ils l'entendent, dans la mesure où ils restent discrets.

— Ce raisonnement-là ne tient pas. Ils me dégoûtent, affirma Louise sans ménagement.

— As-tu oublié tout ce que tu disais après la mort de papa, au sujet du droit qu'avait désormais maman de mener sa vie à sa guise, et ainsi de suite ? Il est possible que nous n'ayons pas celui de nous mêler de leurs affaires ni même de les désapprouver. Pourquoi porterions-nous un jugement ?

— Flûte, Jan, qu'est-ce qui t'arrive ? Tu as retrouvé la foi ? C'est de notre mère qu'il est question. Elle se conduit comme une traînée. Elle a une liaison.

— Elle vit seule et elle a plus de cinquante ans. Rien ne lui interdit de n'en faire qu'à sa tête. J'en arrive à croire que nous nous sommes conduits de façon lamentable quand elle nous l'a annoncé.

— Eh bien, moi pas. Je n'ai qu'un espoir, c'est qu'il la laisse tomber.

— C'est peut-être elle qui l'abandonnera.

— Du moment que l'un d'eux quitte l'autre…

Toutefois, comme à la fin de la semaine Amanda n'avait toujours parlé à personne, ses deux filles s'en inquiétèrent sérieusement. Amanda se contentait de rester chez elle, et sous le coup du choc que lui avait causé la séparation d'avec Jack, ainsi que des changements hormonaux qui s'opéraient en elle, elle pleurait pour un oui ou pour un non. D'un côté, elle se persuadait que l'avenir n'avait plus rien à lui offrir, et de l'autre, elle était émue à la pensée qu'une nouvelle vie commençait en elle. Il lui était pourtant difficile d'envisager sans Jack la suite de son existence. Elle n'avait plus de nouvelles de lui depuis qu'elle l'avait quitté, car il n'avait même pas essayé de lui téléphoner.

Aucun employé ne trouvait grâce devant lui et il travaillait jusqu'à minuit tous les soirs. Une fois rentré, il se laissait tomber sur un divan, les yeux dans le vague, et s'efforçait de ne pas penser à la manière dont Amanda l'avait abandonné. Il n'en était toujours pas revenu.

Comment avait-elle pu lui jouer un tour aussi pendable ? Certes, ce n'était pas sa faute à elle si elle était tombée enceinte, du moins n'était-elle pas la seule responsable de cette situation, mais son refus d'interrompre sa grossesse ressemblait à une véritable trahison. Et cependant, alors même qu'il ruminait sa colère, il repensait à l'une de ses paroles ou à l'un de ses gestes... aux expressions de son visage quand il l'aimait ou lorsqu'elle se réveillait, et elle lui manquait au point qu'il pensait en mourir. Il s'obstinait cependant à ne pas l'appeler.

Amanda hantait ses pensées et ses rêves ; elle était l'objet de tous ses désirs et le rendait fou. Le dimanche matin, il resta plusieurs heures sur la plage de Malibu. Il nagea, courut, puis s'assit et se perdit dans la contemplation de l'océan en songeant à elle, et il comprit qu'il ne le supporterait pas plus longtemps. Il fallait qu'il l'entende.

Il résista encore à la tentation tout l'après-midi, puis à huit heures, il l'appela. Il n'avait pas préparé ce qu'il allait lui dire ; il voulait simplement entendre le son de sa voix, ne serait-ce qu'une minute. Toutefois, il ne la reverrait pas ; cela n'avait plus de sens. Il ne voulait pas être aspiré dans le tourbillon de folie qu'elle avait créé. Quand il eut fait son numéro de téléphone, il tomba sur le répondeur. Amanda ne décrocha pas. Elle ne sut qu'il avait appelé que le lendemain matin, quand elle écouta les messages, ce qu'elle se donnait la peine de faire de plus en plus rarement. Durant les tout premiers jours qui avaient suivi leur dispute, elle avait écouté toutes les heures, puis au cours du week-end elle y avait renoncé. Huit jours s'étaient écoulés depuis leur séparation, et voilà qu'enfin il cherchait à la joindre au moment où elle allait se résigner à ce qu'il sorte de sa vie ; elle avait peine à le croire. Elle écouta le message, et Jack lui sembla tendu, mal à l'aise. Il voulait simplement s'assurer qu'elle allait bien, puis il avait raccroché. Elle effaça le message et alla se coucher. Atteinte de léthargie, à présent, elle n'avait plus qu'une envie, dormir. Si elle se souvenait avoir eu cette réaction lors de ses précédentes grossesses, le phénomène lui paraissait plus accentué, cette fois. Qu'il soit dû à l'âge ou à la désertion de Jack, elle se sentait épuisée, et dormait dix heures par jour pour le moment.

Comme elle ne le rappelait pas, quand arriva le jeudi Jack se demanda si elle avait eu son message. Le répondeur était peut-être en panne. Cette fois, il l'appela depuis son bureau, entre deux rendez-vous, et posa la même question sur son état de santé. Amanda l'écouta tard dans la soirée, et se demanda pourquoi il se donnait le mal de l'appeler, puisqu'il lui avait parfaitement fait comprendre ses intentions. Pour sa part, elle ne souhaitait ni le revoir ni lui parler. Quand elle reconnut sa voix, elle eut cependant les larmes aux yeux, puis retourna se coucher avec un bol de crème glacée. C'était devenu sa seule nourriture.

Elle s'était toutefois mise à répondre aux appels de

ses filles, car elle ne souhaitait pas qu'elles lui rendent visite. Elle prétendit avoir attrapé un virus et prendre des antibiotiques. Elle les préviendrait dès qu'elle irait mieux. Ni l'une ni l'autre ne furent dupes.

— Elle ment, assura Louise à sa sœur, le jeudi. Puisqu'elle parle d'une voix normale, elle doit être en bonne santé. Peut-être souffre-t-elle d'une dépression nerveuse ?

— Pourquoi ne la laisserions-nous pas un peu tranquille ? proposa Jan.

Le soir venu, pourtant, elle confia à Paul qu'à leur avis les amours de leur mère étaient mortes.

Il fut du même avis, car son père se comportait avec tous ceux qui l'approchaient comme un monstre.

— Je suis tombé sur lui cet après-midi, dit-il. On jurerait qu'il ne s'est pas peigné de la semaine, et il réagit comme s'il venait de tuer quelqu'un. Je crois qu'elle l'a laissé tomber.

— A moins que ce ne soit le contraire, répondit Jan avec tristesse, en se demandant s'ils n'avaient pas une responsabilité dans cette affaire.

Elle éprouvait un sentiment de culpabilité, car leur mère n'avait sans doute pas mérité la façon dont ils l'avaient traitée ; et maintenant, ils ne pouvaient revenir là-dessus.

Quand la femme de ménage se présenta chez Amanda, elle la trouva en train de regarder la télévision en plein jour. Elle s'était mise à suivre les séries télévisées et les débats sur les problèmes de société au cours desquels des femmes se plaignent que leur mari leur préfère la voisine, le berger allemand ou deux de leurs sœurs, à tout le moins. Amanda pleurait sur leur sort et se bourrait de crèmes glacées.

— Je vais devenir obèse, et puis après ? dit-elle à

la cantonade, un après-midi où elle entamait son deuxième bol de glace.

Elle allait se suralimenter et grossir au point qu'aucune de ses relations ne lui adresserait plus la parole. Et Jack, ce lâche, avait sans doute déjà recommencé à courir après des créatures de rêve.

Et pourtant, loin de là, Jack continuait à rudoyer Gladdie et à rendre tous ses collaborateurs nerveux. Amanda et lui s'étaient séparés depuis deux semaines, à présent.

Enfin, le vendredi après-midi, Gladdie lui déclara :

— Ecoutez, je voudrais vous demander de m'accorder une faveur. Pourquoi ne pas lui parler, au moins ? Vous pourriez peut-être parvenir à un accord, tous les deux ? Sinon, vous allez nous rendre fous. Nous allons bientôt devoir prendre des antidépresseurs. Appelez-la.

— Comment savez-vous que je ne lui parle plus ? dit-il, l'air embarrassé, tout en se demandant si Gladdie ne lisait pas dans ses pensées.

— Vous êtes-vous regardé dans un miroir, ces temps-ci, Jack ? Vous vous rasez deux fois par semaine. Vous ne vous êtes pas peigné depuis Dieu sait quand. Vous portez le même costume trois jours durant. Vous ressemblerez bientôt à un clochard. Croyez-moi, une allure pareille n'améliore pas l'image de la maison.

— Je le regrette, mais j'ai été trop préoccupé pour m'en soucier, dit-il, malheureux.

La situation lui était plus insupportable que la disparition de Dori, car Amanda, elle, continuait à vivre à quelques minutes de là, et il n'avait pas cessé de l'aimer. En revanche, il s'était conduit de façon affreuse avec elle, et pour sa part, elle n'avait réagi à aucun des quatre coups de fil qu'il lui avait passés.

— D'ailleurs, elle refuse de me parler, avoua-t-il d'un ton accablé.

Gladdie, toujours maternelle, lui tapota l'épaule.

— Croyez-moi, elle n'attend que cela, assura-t-elle. Elle est sans doute en plus mauvaise posture que vous. Que lui avez-vous donc fait ?

Elle supposait qu'il était responsable de la rupture, sinon il n'aurait pas paru aussi coupable.

— Vous ne tenez pas à connaître les détails, affirma-t-il, un peu honteux.

— Peut-être que non, en effet, convint Gladdie. Et pourquoi n'iriez-vous pas la voir ?

— Elle ne me laissera pas entrer. Pourquoi le ferait-elle ? Je l'ai quittée quand elle avait besoin de moi... Je l'ai menacée, Glad... Je me suis comporté comme un parfait imbécile.

— Elle vous aime sans doute quand même, car les femmes ont des trésors d'indulgence pour les imbéciles. Il arrive même qu'elles en soient amoureuses. Allez donc la trouver.

— Je ne peux pas.

Il avait tellement l'air d'un enfant têtu que sous le coup de l'exaspération, Gladdie secoua la tête.

— Je vous y conduirai, mais allez-y.

— D'accord, d'accord, j'irai demain.

— Tout de suite, insista-t-elle en refermant son agenda. Vous n'avez pas de rendez-vous, et ici, personne ne peut plus vous supporter. Rendez-nous à tous un grand service et allez la voir. Sinon, je rédige une pétition et je la fais circuler parmi le personnel.

Le sourire qu'elle lui arracha lui donna meilleure mine, et il se leva, non sans assurer :

— En dépit de votre caractère difficile, je vous aime bien. Merci de m'avoir parlé ainsi. Si elle me claque la porte au nez ou refuse de m'ouvrir, je serai de retour dans dix minutes.

— Je vais de ce pas brûler un cierge, répondit-elle.

Jack se précipita dehors, animé du désir d'être déjà arrivé, de la voir et de lui confier ses pensées. Il priait le ciel qu'Amanda accepte de le recevoir. Avec la Ferrari, il fut chez elle en cinq minutes. Il sonna à plusieurs reprises, et comme elle ne répondait pas, il se demanda si elle était à la maison. Comme la porte du garage était close, il ne pouvait savoir si la voiture s'y trouvait. Il fit donc le tour de la maison et se mit à tambouriner aux fenêtres de la chambre.

Amanda, couchée, regardait un magazine. Elle crut d'abord qu'un oiseau ou un chat heurtait la vitre, puis elle prit peur. Elle pensa qu'un cambrioleur vérifiait s'il y avait ou non quelqu'un.

Avant d'appeler la police, elle décida d'aller jeter un coup d'œil à travers les rideaux de la fenêtre de la salle de bains pour se rendre compte s'il s'agissait d'un rôdeur. Elle se faufila sur la pointe des pieds dans la pièce voisine, tout en gardant le pouce sur le bouton d'appel du système d'alarme, et c'est alors qu'elle vit Jack, méconnaissable, taper au carreau.

Elle ouvrit la fenêtre de la salle de bains et sortit la tête :

— Que fais-tu là ?

Elle se trouvait dans un état aussi pitoyable que le sien. Depuis des jours, elle se contentait de tirer ses cheveux en queue-de-cheval et de les maintenir avec un élastique. En outre, elle ne s'était plus maquillée depuis la dernière fois où elle l'avait vu. Soudain, elle s'indigna :

— Arrête donc de frapper comme ça ! Tu vas casser la vitre !

— Alors laisse-moi entrer, dit-il d'un ton enjoué, tant il était content de la voir.

Amanda fit un signe de dénégation. Elle avait l'air abattue, mais Jack trouva que son visage était un peu plus plein et qu'elle était très jolie.

— Je ne veux pas te voir, affirma-t-elle en refermant brutalement la fenêtre.

Il s'approcha alors de la salle de bains et ils se dévisagèrent à travers la vitre. Amanda avait du mal à s'avouer combien elle l'aimait encore et combien elle était heureuse de le revoir. En fait, elle se méprisait d'avoir un tel élan vers lui.

— Va-t'en! ordonna-t-elle en le chassant de la main.

Il pressa alors son visage contre le carreau et se mit à faire des grimaces si horribles qu'elle ne put s'empêcher de rire.

— Allez, Amanda, sois gentille, dit-il.

Elle réfléchit un instant, puis disparut. Il n'avait aucune idée de ce qu'elle mijotait. Une minute plus tard, pourtant, elle apparut à la porte de derrière, pieds nus, en chemise de nuit. En la voyant, Jack tressaillit.

— A quelle heure te couches-tu donc, maintenant?

Il était quatre heures de l'après-midi, et il se souvenait de la chemise de nuit, même si, en sa présence, Amanda ne l'avait pas conservée très longtemps.

— Je me suis couchée il y a deux semaines, et je suis restée dans mon lit depuis, à manger des crèmes glacées et à regarder des magazines. Je vais devenir grosse et laide, mais je m'en moque, déclara-t-elle.

Quand il pénétra dans la cuisine à sa suite et qu'elle se tourna vers lui, il lut tant de vulnérabilité dans ses yeux qu'il en fut ébranlé, et il se demanda à nouveau comment il avait pu être assez stupide pour la quitter.

— Pourquoi es-tu venu me voir ? reprit-elle.

Elle paraissait si bouleversée qu'il en eut le cœur serré.

— Parce que je t'aime, que je suis un idiot... et que Gladdie l'a exigé, avoua-t-il avec un sourire contraint. Elle prétend que je suis insupportable, et il est vrai que je ne suis pas à prendre avec des pincettes. Pourquoi n'as-tu pas répondu à mes appels ? poursuivit-il, l'air blessé.

Amanda haussa les épaules, ouvrit le réfrigérateur, et à son amusement, revint à son obsession.

— Veux-tu un peu de glace ? lui proposa-t-elle, l'air absente. Il ne me reste que de la vanille.

— C'est lamentable. As-tu mangé autre chose depuis quinze jours ? demanda-t-il, soucieux.

Elle fit signe que non, tout en emplissant deux coupes de glace.

— Ce n'est pas bon pour le bébé, reprit Jack.

— Qu'est-ce que ça peut te faire ? dit-elle en le regardant droit dans les yeux. Tu ne trouves pas que c'est hypocrite pour quelqu'un qui voulait que je le fasse disparaître ?

Elle lui tendit une coupe, et ils prirent place autour de la table.

— Je ne voulais pas que tu le supprimes. Je tenais à conserver mon équilibre, à ne rien changer à l'existence que nous menions... mais à tes dépens. Je me suis conduit comme un idiot. Je le regrette, Amanda, dit-il avec tristesse avant de repousser sa coupe. Comme je ne m'y attendais pas du tout, j'ai reçu un de ces chocs...

Le mot était faible, se dit-elle, avant de lui sourire.

— Moi non plus, je ne m'en doutais pas. Je déplore que les choses se soient passées comme cela, Jack.

A la minute où elle avait appris qu'elle attendait un enfant non désiré et dont elle n'avait pas soupçonné l'existence, elle avait perdu l'homme qu'elle aimait.

— Ce n'est pas ta faute... Tu n'es pas la seule responsable.

Il savait qu'elle n'avait pas cherché à le tromper. Ni l'un ni l'autre n'avaient cru qu'elle puisse concevoir des enfants. Ils avaient écarté de leur esprit toute pensée de ce genre.

— Comment te sens-tu ? reprit-il.

— Grosse, avoua-t-elle en riant. J'ai bien dû prendre trois kilos à force de manger de la glace.

— On ne le dirait pas.

Pourtant, les contours du visage d'Amanda s'étaient adoucis et ses yeux brillaient d'un éclat singulier, comme si une petite flamme s'y était allumée... Il se souvenait avoir vu ce regard lumineux chez son ex-femme, quand elle attendait leurs enfants.

— Tu es très belle, la complimenta-t-il.

— Ce doit être ma coiffure, dit-elle en lui adressant un sourire timide.

Il lui suffisait de le voir pour se rendre compte avec plus de force encore combien il lui avait manqué. Elle ignorait pourquoi il était venu la trouver, mais supposait qu'il voulait s'assurer que ni l'un ni l'autre n'éprouvaient de rancœur au sujet de cette séparation. C'était au moins une façon élégante de rompre. Peut-être qu'un jour, en dépit de ses résolutions, il viendrait voir le bébé...

— Tu n'accepterais pas de dîner avec moi chez un glacier ? Aux 31 Parfums ou chez Ben & Jerry, par exemple ? risqua-t-il, non sans un certain embarras.

— Pourquoi donc ?

Elle ne voyait pas l'intérêt de prolonger leur tête-à-tête, à présent.

— Parce que tu me manques. J'ai perdu la raison depuis deux semaines. Le plus surprenant, c'est que Gladdie n'ait pas encore démissionné.

— Je n'ai pas été bien, moi non plus. J'ai passé mes journées à dormir, à manger des glaces, et à verser des larmes devant les tragiques problèmes de société qu'expose la télévision.

— J'aurais voulu être là.

— J'aurais aimé que tu le sois, répondit-elle à voix basse, avant de tourner la tête, car elle trouvait presque intolérable de le regarder.

C'est alors qu'il se leva, fit le tour de la table et déclara :

— Je t'aime, Amanda... Je voudrais reprendre ma place près de toi, si tu l'acceptes. Je te promets de ne pas me défiler dans cette histoire. Je ferai ce que tu voudras. Tu auras ce bébé si cela te fait plaisir. Je lui achèterai des chaussons. Je t'offrirai des crèmes glacées. Je ne supporte pas de te perdre, point final.

Il avait dit cela d'une voix si enrouée que lorsqu'il s'arrêta, elle le dévisagea avec stupeur.

— Tu parles sérieusement ?

— A propos de la crème glacée ? Je te le jure... Je ne vais pas te laisser affronter cette épreuve toute seule. Je crois que tu es folle, mais je t'aime, et c'est mon enfant aussi, Dieu me pardonne. Je te demanderai simplement de ne pas rire si je perds la mémoire et que je me dirige avec la poussette vers le milieu de la rue, parce que la maladie d'Alzheimer m'aura rattrapé. Contente-toi de me trouver une garde-malade, s'il le faut.

— Je te trouverai tout ce que tu voudras, dit-elle en

se levant à son tour pour qu'il l'attire contre lui. Je t'aime tant que j'ai cru mourir sans toi.

— Moi aussi, dit-il en l'étreignant plus fort. Seigneur, Amanda... Je ne veux te perdre à aucun prix.

Puis il lui demanda, non sans inquiétude, si elle pensait qu'ils devraient se marier.

— Tu n'as pas besoin de m'épouser, lui dit-elle en hochant la tête, tandis qu'ils se dirigeaient à pas lents vers sa chambre. Ce n'est pas ce que j'attends de toi.

— Non, mais peut-être que le petit, lui, serait content. On devrait peut-être le consulter.

— Il est possible que ce soit une petite.

— N'insiste pas, tu me rends nerveux. Alors, allons-nous nous marier ?

Pour elle, il était prêt à régulariser la situation, quoi qu'il lui en coûtât. Toutefois, sur ce point, elle le surprit.

— Non, rien ne nous y contraint. Aucune loi ne précise que nous devons être mariés. On pourra l'envisager plus tard. Voyons d'abord comment nous nous entendons.

— Vous êtes très moderne d'esprit, madame Kingston.

— Non, je t'aime, voilà tout.

Ils étaient entrés dans sa chambre et Jack l'avait à nouveau attirée contre lui et l'embrassait. Il était revenu et elle ne le laisserait plus jamais repartir. En un tournemain, sa chemise de nuit tomba sur le sol, puis Jack se dévêtit à son tour et ils se retrouvèrent sur le lit où ils s'étaient aimés la première fois, le jour précis où ils avaient sans doute conçu l'enfant. C'était le lit de Jack, le leur à tous les deux, maintenant. Et tandis qu'il la prenait, il sut avec une certitude absolue qu'il l'aimait à jamais.

Cette nuit-là, enlacés, ils parlèrent longuement de l'avenir et de la manière dont ils allaient en parler à leurs enfants.

— J'ai hâte d'y être, dit-il en riant. Si tu as trouvé que le fameux dîner s'était mal passé, attends-toi au pire, cette fois.

Amanda se mit à rire à son tour en songeant à cette perspective. Il ne leur restait pas d'autre solution. Elle se tourna alors sur le côté et lui demanda avec le sourire à quel point il l'aimait.

— Plus que tu ne le sauras jamais, plus que ma vie. Pourquoi ? A quoi pensais-tu ?

— Je me demandais simplement si tu m'aimais suffisamment pour aller me chercher une coupe de glace.

Il la dévisagea, éclata de rire, puis se hissa sur un coude.

— Nous devrions peut-être faire installer un réfrigérateur dans la chambre.

— Quelle excellente idée ! s'écria-t-elle en riant à son tour.

Là-dessus, il recommença à l'embrasser, et il s'écoula un long moment avant que l'un ou l'autre ne se souvienne de l'existence des crèmes glacées.

10

Cette fois, ils ne se firent aucune illusion et ne prétendirent pas que les enfants se réjouiraient de leur bonheur. Quand elle envisagea avec Jack cette réunion de famille, Amanda décida de les inviter simplement à venir prendre un verre. La rencontre serait brève, l'annonce, précise, et la réaction, horrifiée sans doute. Ils allaient avertir leurs enfants rassemblés qu'elle attendait un bébé, puis le ciel leur tomberait sur la tête, et ni l'un ni l'autre n'en seraient surpris. A six heures quinze, tout le monde était là. Julie fit preuve de courtoisie dès son arrivée, et si Jan et Louise étaient tendues, Paul se montra plus amical envers son père qu'à son habitude. Les enfants avaient discuté entre eux du but de ces retrouvailles et s'étaient raidis d'avance contre l'adversité. Ils s'attendaient qu'Amanda et Jack annoncent leur mariage. Cette idée ne les enchantait pas, aussi Louise avait-elle déjà prévenu qu'elle tenterait d'en dissuader sa mère. En cette occasion, à tout le moins, ils ne tomberaient pas des nues.

Ils s'installèrent tous au salon, et Jack leur servit à boire. Il se versa un scotch, tandis que les autres préféraient du vin, à l'exception d'Amanda, qui ne voulait rien, et Louise, qui demanda de l'eau. Comme à son habitude, cette dernière prit le taureau par les cornes.

— Très bien, dit-elle, à quand la noce ?

— Il n'y en aura pas, répondit Amanda avec calme. Nous n'allons pas nous marier, pas pour le moment, en tous les cas. Nous préférons attendre. Cependant, nous tenons à ce que vous sachiez que j'attends un enfant.

Le silence fut tel qu'on aurait entendu une épingle tomber. Louise, qui dévisageait sa mère, devint blême.

— Dis-moi que c'est une plaisanterie ? Nous sommes le 1er avril et j'ai oublié de regarder mon calendrier ? Tu n'as pas prononcé ces mots ?

— Si. Nous avons eu le même choc nous-mêmes, mais c'est ainsi. Il est inutile de se le cacher. L'accouchement est pour octobre.

Amanda jeta un coup d'œil à Jack, qui leva le pouce pour lui manifester son approbation. Elle s'en tirait bien. Il fallut cinq bonnes minutes aux enfants pour enregistrer la nouvelle.

— Si je comprends bien, tu n'as pas choisi l'interruption volontaire de grossesse, reprit Louise, qui se prenait pour le porte-parole de sa sœur.

Jan était si bouleversée qu'elle en restait muette, et Julie elle-même en était réduite au silence. Paul foudroyait son père du regard.

— Non, je n'ai pas demandé d'interruption de grossesse. Nous en avons discuté, dit Amanda en arrangeant un peu la vérité, mais je n'ai pas voulu de cette solution. A mon âge, je considère cela comme un don du ciel, et je tiens à le garder. Je comprends combien tout cela sera difficile à accepter pour vous tous, car cela a été dur pour moi aussi. Pourtant, voilà comment sont les choses, mes enfants... Je ne suis qu'un être humain.

Comme les larmes lui montaient aux yeux, Jack traversa la pièce, s'assit près d'elle et lui passa un bras autour des épaules.

— J'estime que votre mère montre un grand courage, souligna-t-il. Nombre de femmes de son âge n'en auraient pas autant.

— Moi, je trouve que ma mère n'a plus toute sa tête, rétorqua Louise.

Elle se leva, et intima d'un geste à son mari l'ordre de la suivre ; comme à son ordinaire, ce dernier se désintéressait de ce qui se passait.

— Tu es folle, maman, reprit-elle. Je crois que vous êtes débiles tous les deux. Vous ne savez plus qu'inventer pour nous plonger dans l'embarras. Je n'ose même pas penser à ce que papa dirait d'une situation comme celle-là. C'est inadmissible.

— Eh bien, Louise, il n'est plus là et son opinion ne compte plus. C'est ma vie dont il est question, déclara posément Amanda.

— Cela concerne aussi la nôtre, même si tu t'en moques...

Avant même d'avoir terminé sa phrase, Jan éclata en sanglots, se leva à son tour et jeta un regard de haine à sa mère.

— Comment oses-tu m'insulter de la sorte ? Tu sais que je n'arrive pas à avoir d'enfant, et toi, tu tiens à montrer à tout le monde que tu peux encore en avoir un. Peut-on être plus cruelle ? Plus ignoble ? Qu'est-ce qui te prend de nous faire un affront pareil ?

On voyait à l'air de Paul qu'il partageait l'opinion de sa femme. Les deux filles d'Amanda et leurs maris se dirigèrent vers la sortie. Paul aidait Jan, toujours bouleversée, et comme Amanda faisait un pas vers sa fille, il le lui interdit de la main.

— Pourquoi ne nous laissez-vous pas tranquilles ? Gardez vos excellentes nouvelles pour vous. Qu'attendez-vous de nous ? Des félicitations ? Eh bien, allez vous faire voir ailleurs, tous les deux. Que croyez-vous que Jan éprouve ?

— Je vois bien ce qu'elle ressent, Paul, répondit Amanda, tandis que des larmes coulaient sur ses joues. Pour rien au monde je ne voudrais la blesser. Mais il s'agit ici de ce qui nous est arrivé, de notre vie, de notre problème et de notre enfant.

— Eh bien, bonne chance. Mais ne nous invite pas pour le baptême, papa. Nous ne nous dérangerons pas, affirma-t-il.

Ils claquèrent la porte en sortant, et Amanda, en pleurs, se réfugia dans les bras de Jack, tandis que Julie les observait. La jeune femme n'avait pas pris la parole, jusqu'alors. Elle attendit qu'Amanda se fût un peu calmée pour le faire, mais il était manifeste qu'elle aussi était encore sous le choc.

— Je regrette ce qui vient de se passer, papa ; je le regrette pour vous deux. Mais nul ne peut prendre une annonce pareille à la légère, même nous. Vous nous demandez de faire un bond en avant considérable. Enfin, qui sait, peut-être qu'en fin de compte, ce sera une bénédiction, du moins, je l'espère.

— Moi aussi, répondit Jack à voix basse, la tête tournée vers Amanda.

Il était indéniable que le jour où elle avait pris sa décision, même en toute connaissance de cause, elle avait choisi la voie la plus difficile, et ils avaient su d'avance que leurs enfants leur mèneraient la vie dure. Julie et son mari se retirèrent alors discrètement. Jack et Amanda, demeurés seuls, restèrent un moment silencieux. Jack remarqua enfin, d'une voix pleine de tendresse :

— Tu savais que cela se passerait ainsi.

— C'est vrai, admit-elle en ravalant ses larmes, mais je ne pouvais m'empêcher d'espérer qu'il en serait autrement. Je me disais qu'elles se lèveraient, m'enlaceraient comme au temps où elles étaient toutes petites, me diraient qu'elles m'aimaient et qu'il était inutile que je me tourmente parce que j'étais « super ». Au lieu de cela, elles passent leur temps à nous juger, à se mettre en colère, à considérer qu'on a toujours tort quoi qu'on fasse, qu'on veut toujours leur nuire. On dirait que notre seul rôle, à nous, parents, est d'exister à la manière dont ils l'entendent. Tout ce qui sort de la norme ou qui les gêne, ils le condamnent. Pourquoi faut-il que les enfants de tout âge n'aient jamais la moindre compassion pour ceux qui leur ont donné le jour ?

— Il est possible que nous n'en méritions pas, répondit Jack d'un ton las. Ils nous tiennent peut-être pour des égoïstes, et il arrive que nous le soyons, mais nous avons acquis le droit de l'être. Nous leur avons tant donné durant leurs premières années ! Pourtant, lorsque nous estimons que le moment est enfin venu de songer à nous, ils nous tournent le dos et prétendent que nous sommes dans l'erreur. Nous n'avons pas le droit de réclamer un tour. Selon eux, nous sommes uniquement là pour rester à leur disposition. Je crois que tu n'as plus qu'à mener ta vie comme tu l'entends. S'ils s'en accommodent, tant mieux ; sinon, qu'ils se débrouillent. Nous ne renoncerons pas au temps qu'il nous reste à vivre pour leur faire plaisir. En revanche, ce qui me déprime, c'est que nous sommes sur le point de recommencer à zéro. Je vais finir par me diriger droit vers le soleil couchant avec, à mon côté, un gamin qui prétendra que je ne comprends rien à rien, et que j'ai brisé sa vie parce que je m'obstine à coucher avec sa mère. Et crois-moi, je le ferai. J'ai l'intention de t'aimer jusqu'à ce que la société me mette au rebut. Mais je te préviens, si jamais tu retombes enceinte, je jure que je ne te toucherai plus. Je veux que tu prennes la pilule jusqu'à quatre-vingts ans révolus.

Elle ne put s'empêcher de rire de la véhémence de ses propos, dont certains sonnaient juste. Les enfants semblaient en effet toujours persuadés que l'engagement était à sens unique et toujours en leur faveur. C'était une manière de voir qui donnait à réfléchir. Une fois son sérieux retrouvé, elle lui dit avec gravité :

— J'ai très mauvaise conscience à l'égard de Jan.

Sa fille s'était exprimée d'un ton si angoissé, si poignant...

— Moi aussi. Paul avait l'air de vouloir me tuer. On aurait dit que nous avions planifié toute l'histoire afin que je prouve ma virilité et le mette en fâcheuse posture. Seigneur ! je donnerais n'importe quoi pour qu'ils aient un enfant.

— Moi de même, reconnut-elle.

Pour lui changer les idées, il l'emmena dîner dehors. Ils avaient renoncé pour un temps à la cuisine thaïlandaise, car il suffisait à Amanda d'y penser pour souffrir de brûlures d'estomac. Cette nuit-là, une fois couchés, ils eurent encore une longue conversation. Jack finit par s'endormir, mais comme Amanda demeurait éveillée, elle se prépara du lait chaud, puis une camomille, sans cesser d'échafauder des projets. Elle en revenait toujours à Jan et au cri du cœur de sa fille cadette. Quand elle retourna se coucher, elle eut un sommeil agité. Au petit déjeuner, elle dit à Jack, non sans tristesse :

— J'ai une proposition à te faire.

Il la dévisagea et la trouva fatiguée.

— Tu te sens bien ?

Il n'avait jamais cessé de s'inquiéter pour elle, et maintenant, il se tourmentait à propos du bébé. C'était précisément le genre de soucis qu'il avait voulu s'éviter.

— Je suis en pleine forme, lui assura-t-elle, bien qu'elle eût mauvaise mine. Il m'est venu une idée, la nuit dernière.

— Dans ton état, voilà qui est peut-être risqué. Tu vas sans doute me demander de racheter un glacier comme Häagen-Dazs ou Ben & Jerry.

— Cela compte beaucoup pour moi.

— Pour moi aussi. J'ai acquis des actions dans ces sociétés, depuis que tu es devenue la première consommatrice de crème glacée à l'ouest des Rocheuses.

Elle avait pris quatre kilos et n'était encore enceinte que de trois mois.

— Très bien, très bien, ajouta-t-il, je vais garder mon sérieux. De quoi s'agit-il ?

Elle parut si émue, avant de lui parler, qu'il comprit aussitôt qu'elle allait aborder un sujet d'importance. Elle évoqua l'histoire de Jan et de Paul, rappela leurs interventions de la veille et dit combien elle en avait été peinée.

— Ma chérie, moi aussi j'en ai été touché, mais nous n'y pouvons rien. Ils n'ont d'autre solution que d'attendre et de réessayer.

— Peut-être qu'il en existe une autre, et c'est là que se trouve mon idée. De toute façon, tu ne tiens pas à ce bébé, Jack, et il est possible que nous soyons trop âgés pour élever des enfants. C'est sans doute là le plus grand des cadeaux que nous pourrions leur faire, et peut-être la raison pour laquelle nous sommes dans cette situation. J'aimerais leur donner le bébé.

Jack eut l'air saisi.

— Tu es sincère ? Tu leur offrirais l'enfant ?

Comme elle acquiesçait, les yeux humides, il l'étreignit.

— Je ne crois pas que tu devrais le proposer. C'est ton enfant ; le nôtre. Il sera si difficile pour toi d'y renoncer, une fois que tu l'auras pris dans tes bras...

— Je ne le pense pas. J'aimerais faire ce geste pour Jan et Paul. L'accepterais-tu ?

— Tu as toute liberté d'agir à ta guise. C'est une décision hors du commun, et qui fera jaser, mais qui de nous s'en soucie ? Si tu le souhaites et qu'ils acceptent, alors n'hésite pas.

— Je voulais d'abord avoir ton avis.

Il hocha la tête.

— Je trouve aussi que c'est un don extraordinaire. Et comme Paul est opposé à l'adoption, il est certain que cela résout le problème génétique. Il faut pourtant que tu sois sûre et certaine d'être capable de renoncer à l'enfant.

— Oui, j'en suis sûre, et c'est mon désir le plus cher. Si tu ne t'y opposes pas, je voudrais parler à Jan, dès ce matin. Veux-tu appeler Paul ?

— Oui, je vais l'inviter à déjeuner... s'il accepte de me voir.

— Je demanderai à Jan de le joindre après que je lui aurai parlé. Elle lui dira qu'il est important pour lui de te rencontrer.

— Tu es une femme étonnante, ma chérie, pleine de surprises et de générosité.

Un peu plus tard dans la matinée, quand il la quitta pour se rendre à la boutique, il était encore abasourdi par sa proposition. Amanda, de son côté, ne se donna pas la peine d'appeler Jan. Elle se rendit chez sa fille avant que celle-ci ne parte pour sa galerie d'art.

Jan fut si étonnée qu'en dépit de son envie de résister, elle ouvrit la porte à sa mère. Et quand Amanda lui eut fait part de ses réflexions, toutes deux s'assirent, tant leur émotion était grande. Dans un premier temps, Jan, choquée, refusa l'offre qui lui était faite, mais quand Amanda eut un peu développé ses arguments, elle avoua être très tentée d'accepter.

— Tu le ferais vraiment pour moi, maman ?

— Oui, sans aucun doute, affirma Amanda en séchant ses larmes pour sourire à sa fille. Il n'y a rien que j'aimerais davantage.

— Et si tu changes d'avis ? Ou si Jack s'y oppose ?

— Nous ne reviendrons pas sur notre parole. Si nous la donnons, nous la tiendrons. C'est ce que nous voulons sincèrement tous les deux. J'espère que tu y consentiras.

— Je vais en parler à Paul.

Jan avait l'air tout excitée quand elle courut téléphoner. Elle fut étonnée d'apprendre que Jack avait déjà appelé son mari. Paul croyait savoir pourquoi son père voulait le rencontrer, mais Jan lui expliqua l'offre que Jack lui réservait. En l'écoutant, Paul fut à son tour très ému.

— Je n'arrive pas à croire qu'ils consentiraient à un tel sacrifice.

— C'est qu'ils nous aiment beaucoup, vois-tu, souligna Jan d'une voix enrouée. Maman affirme que nous pourrons être présents à la naissance et que l'enfant sera à nous dès la première minute.

— Et s'ils reviennent sur leur décision ?

— Je ne le crois pas, Paul. Maman y est tout à fait résolue.

— Eh bien, nous en reparlerons, dit-il simplement, de crainte de nourrir de trop grands espoirs.

Cependant, après avoir déjeuné avec son père, il examina le soir même avec Jan ce qu'impliquerait un tel don, et dès le lendemain matin, ils appelèrent leurs parents respectifs pour leur dire qu'ils acceptaient. A les entendre, ils exultaient à tel point qu'Amanda sentit combien elle allait faire œuvre utile et les comblerait.

Impressionné par un tel renoncement, Jack lui avoua :

— Il m'est difficile d'admettre que tu vas effectuer une telle démarche. J'espère simplement que tu n'auras pas de regrets.

— Non, j'en suis certaine. L'amour que j'éprouverai pour ce bébé, une fois qu'il sera né, n'entrera pas en ligne de compte. Ce sont eux qui l'élèveront. Tu avais d'ailleurs sans doute vu juste. Il est probable que je serai trop âgée pour conduire les enfants à l'école en voiture, quand j'aurai soixante ans.

— Tu seras charmante à tous les âges. Et au moins, tu pourras voir l'enfant dès que tu en auras envie.

Ce serait au moins un point positif, même s'il se doutait que la situation ne serait pas facile à vivre pour elle. C'est alors qu'il eut une idée :

— Pourquoi ne prendrions-nous pas tous les deux quelques jours de vacances ? Que penserais-tu de Paris ?

— Ah là là ! J'adorerais cela.

Elle se souvenait que ses filles le lui avaient proposé au cours de l'été précédent, mais elle ne se trouvait pas alors dans un état d'esprit favorable. Mais, à présent, rien ne lui plairait plus qu'un court voyage à Paris en compagnie de Jack.

Ils s'y rendirent au mois de juin, alors qu'elle était enceinte de cinq mois et demi. Ils descendirent au Ritz et furent enchantés de leur séjour. Ils dînèrent tous les soirs dehors, firent des achats, visitèrent le musée du Louvre, assistèrent à une soirée à l'Opéra, et firent de nombreuses promenades à pied. Amanda ne s'était jamais sentie mieux. En dépit de ses envies de crème glacée, elle n'avait pas trop pris de poids, et Jack la trouvait en bonne forme. Tout ce qu'il avait pu lire sur l'embellissement des femmes enceintes lui paraissait s'appliquer à sa compagne. Amanda, de son côté, n'avait qu'un regret, celui de ne pouvoir s'acheter des vêtements bien coupés, parce que sa grossesse était déjà trop avancée.

— Nous reviendrons au mois de novembre, je te le promets, lui dit-il.

Il craignait en effet qu'elle ne traverse alors une période de dépression. Il restait persuadé qu'elle souffrirait de renoncer au bébé, même si elle ne revenait pas sur sa décision.

Quand ils eurent bien apprécié le charme de Paris, ils se rendirent à Londres, où ils restèrent quelques jours, avant de rentrer chez eux. Et en juillet, Jack l'emmena au lac Tahoe. Mais en août, le médecin d'Amanda lui recommanda de ne plus se déplacer. Elle était alors enceinte de sept mois et demi, et elle n'était plus jeune. Le bébé était fort, maintenant, et le gynécologue craignait qu'il n'arrive avant l'heure.

— Mes filles ont toutes les deux eu du retard, remarqua-t-elle, pleine d'insouciance.

Le médecin se moqua d'elle ouvertement :

— Et quel âge aviez-vous, alors ?

— Très bien, très bien, je serai raisonnable, je vous le promets.

Ils savaient que l'enfant était un garçon et qu'il était en bonne santé, car on avait fait une amniocentèse à Amanda, avant leur voyage en Europe. Jan et Paul cherchaient des prénoms avec frénésie. Louise, en revanche, conservait ses distances, et avait rarement parlé à sa mère depuis l'annonce de la grossesse.

— Elle reviendra, affirmait Jack.

Il tenait à ce que rien ne contrarie Amanda et s'efforçait de la distraire sans cesse, bien que toute l'énergie de sa compagne fût consacrée au bébé. Elle lui achetait des vêtements, de minuscules sous-vêtements, des ours en peluche, des montagnes de couches, et garnissait un berceau. Elle faisait les boutiques spécialisées presque chaque jour, et toutes les fois où il le pouvait, elle demandait à Jack de l'accompagner.

— Que va-t-on penser, grands dieux ? J'ai l'air d'être le grand-père de l'enfant, gémissait-il, mal à l'aise.

— Et moi, qu'est-ce que je deviens dans ce cas-là ? Ta fille ? protestait Amanda.

— Et pourquoi pas ma femme ? Tu sais, on pourrait s'arranger pour que tu le deviennes...

Ils vivaient ensemble depuis huit mois, maintenant, et pourtant, chaque fois qu'il abordait le sujet, elle faisait semblant de l'ignorer. Elle n'avait d'autre préoccupation que l'enfant, et obligeait même Jack à venir à la consultation avec elle.

La première fois qu'il l'avait accompagnée chez le gynécologue, il s'était senti si gêné qu'il aurait voulu repartir aussitôt en rasant les murs, le visage caché. Il s'était donc abrité derrière un journal et avait d'abord fait semblant de ne pas la connaître.

— Je n'entrerai pas avec toi, murmura-t-il derrière le *Los Angeles Times*.

Toutes les femmes alentour avaient l'air d'avoir quatorze ans. Pour un peu, Jack se serait cru dans un camp de vacances pour adolescentes. Toutes étaient de jolies filles de Beverly Hills, des blondes en robe très courte, qui auraient très bien pu être victimes de détournement de mineures, à son avis.

— Ne sois pas ridicule, Jack. Durant cet examen, on se contente d'écouter les battements de cœur du bébé. C'est très émouvant, lui répondit-elle tout bas.

Jack pencha la tête sur le côté. Un jeune homme en blue-jeans venait de prendre place en face de lui ; on aurait dit un enfant.

— Tu me le raconteras, dit-il d'un ton ferme à Amanda. Je vais aller t'attendre dans la voiture.

Pourtant, elle parut si malheureuse quand il fit mine de partir qu'il se résigna à souffrir un peu plus dans son amour-propre. Le garçon en jeans lui demanda alors s'il allait être père pour la première fois.

— J'ai des enfants plus âgés que vous, répondit Jack, non sans difficulté.

Le jeune homme précisa alors qu'il avait vingt-trois ans, que sa femme et lui attendaient leur second enfant, et que son père et sa belle-mère en avaient eu un l'année précédente.

— Mon père a soixante-cinq ans, dit-il, tout réjoui.

— Et il a survécu à l'épreuve ?

— Ah, oui. Ils ont eu des jumeaux, après une fécondation in vitro. Ils cherchaient à avoir un enfant depuis deux ans. Ma belle-mère a quarante ans.

— Ils en ont, de la chance ! commenta simplement Jack avec un sourire mi-figue mi-raisin.

Une fois dans la salle d'examen, il fit remarquer à

Amanda qu'il existait vraiment beaucoup de fous sur la terre.

— Comment un homme de soixante-cinq ans peut-il désirer avoir un bébé ! Et tu imagines, choisir la fécondation in vitro pour en arriver là ? Au moins, nous, nous y avons pris plaisir...

— Tu veux recommencer ? le taquina-t-elle, en lui arrachant une grimace.

Cependant, quand le docteur lui tendit le stéthoscope et qu'il perçut les battements de cœur de l'enfant, ce dernier devint pour lui bien réel, et il en fut tout ému.

— Voilà mon petit-fils ! s'écria-t-il d'une voix trop forte, parce qu'il avait conservé les embouts terminaux du stéthoscope dans les oreilles et croyait parler bas.

— C'est votre père ? demanda, surpris, le médecin à Amanda. Je croyais que c'était votre mari ?

— En fait, mon mari est mort depuis un an et demi, expliqua-t-elle.

Le gynécologue lui sourit avec bienveillance. Il était persuadé que comme tous les habitants de Beverly Hills, ces gens-là étaient passablement excentriques.

Tout indiquait que le bébé était en bonne santé, et Jack ne cessa d'en parler jusqu'à ce qu'ils soient de retour chez Julie.

— La prochaine fois, nous devrions emmener Jan et Paul, proposa-t-il.

Amanda accepta, heureuse de son enthousiasme. Il lui fallait se rendre à la consultation toutes les semaines, à présent. Le gynécologue tenait à la suivre de près. Il craignait de plus en plus qu'elle n'accouche avant terme, et Jack, pour sa part, la trouvait énorme. Il ne se souvenait pas que l'un ou l'autre de ses enfants aient atteint une telle taille dans le ventre de leur mère.

D'un autre côté, Amanda étant très mince de nature, sa grossesse était plus visible.

Cependant, la pire expérience pour lui fut la préparation à l'accouchement, dérivée de la méthode mise au point par le docteur Lamaze, dont Amanda et lui commencèrent à suivre les cours à partir du 15 août. L'assistance était composée de douze couples dont la plupart étaient vêtus de shorts. Les femmes étaient allongées sur le sol de la salle de conférence de l'hôpital et les hommes, souvent barbus, se tenaient assis derrière elles. Jack, qui arrivait directement du bureau, vêtu d'un costume sur mesure de chez Brioni, d'une chemise et d'une cravate, fit l'effet d'un extraterrestre. Amanda, qui l'attendait, paraissait très détendue dans un short blanc, un immense T-shirt rose et des sandales. Elle sortait de chez une manucure et était aussi impeccable qu'un mannequin. Les membres de cette assemblée étaient trop jeunes pour savoir qu'elle avait été actrice. Comme on était en pleine canicule, Jack avait l'air de souffrir de la chaleur et de sortir d'une mêlée.

— Désolé d'être en retard, chérie, mais je n'arrivais pas à me débarrasser de ces gens du textile, venus de Paris. Ils n'en finissaient pas de discuter.

On avait affiché au mur des schémas pour montrer les diverses phases de l'ouverture du col. Jack les examina avec horreur.

— Qu'est-ce que c'est que ça ?

— La dilatation du col de l'utérus en cours de travail. Ne t'inquiète pas à ce sujet.

— Cela me paraît abominable.

Lors de la naissance de ses deux aînés, il avait attendu dans un bar et bu verre sur verre avec un ami. En ces temps déjà lointains, on ne demandait aux pères que de se présenter après l'événement, des fleurs à la main.

Il jeta alors un coup d'œil circulaire et se rendit compte que presque tous les membres de l'assistance avaient l'âge de ses enfants, mais il y était accoutumé, à présent. Ce qui était nouveau, c'étaient les photographies et les diagrammes qu'on leur présentait, sans parler du film annoncé pour la fin de la séance, afin que les couples abordent l'accouchement en ayant pris connaissance de ses divers aspects.

Le visage de Jack s'assombrissait de plus en plus.

La seule activité qui lui paraissait acceptable, bien qu'embarrassante, concernait le soutien qu'il fallait apporter à Amanda durant les exercices de relaxation, en lui maintenant les jambes ou en l'aidant à contrôler sa respiration, afin qu'elle parvienne à une meilleure oxygénation. Toutefois, la femme qui donnait le cours revenait sans cesse sur une période délicate de l'accouchement, celle de la « transition ».

— De quoi s'agit-il donc ? demanda-t-il à sa « femme », quand il entendit ce terme pour la sixième fois.

Comme il avait parlé à voix haute, la doctoresse lui répondit, avec un sourire qui lui parut un peu sadique :

— C'est la période la plus délicate de l'accouchement. Elle a lieu quand on va de cette phase-ci — la dilatation totale du col — à cette phase-là, celle de l'expulsion de l'enfant. C'est un peu comme si vous preniez votre lèvre supérieure et que vous tentiez de la faire passer par-dessus votre tête.

Puis elle reprit le cours de son exposé.

— Cela ne t'angoisse pas ? murmura Jack.

— Non, je sais ce qu'il en est, lui répondit Amanda, toujours à voix basse.

— Est-ce que tu as refusé les médicaments ?

L'instructrice ne cessait de les mettre en garde contre le recours aux anesthésiques et elle insistait sur le fait qu'une femme « bien préparée, bien équilibrée » ne réclamait pas d'aide artificielle.

— Bien sûr que non, protesta Amanda, tout en alternant les inspirations profondes et la respiration haletante. Ils peuvent même me donner tout ce qu'ils ont en stock. J'irais même jusqu'à acheter tout ce que l'on se proposerait de me vendre dans un parking, s'il le fallait. Je n'ai rien d'une héroïne.

— Je suis heureux de te l'entendre dire. Et moi ? Est-ce qu'ils me donneront aussi quelque chose ?

Il en arrivait à penser qu'il aurait besoin d'un soutien. Il considérait les autres couples avec dédain, du fait de leur accoutrement, de leurs interventions, des questions qu'ils posaient et qui lui paraissaient stupides. Il était surpris que de telles femmes aient pu devenir enceintes. Apparemment, n'importe quel illettré était capable de concevoir un enfant. Mais c'est pour l'instructrice qu'il éprouvait une franche hostilité. Et quand cette femme annonça que le film du jour était consacré à la césarienne, il se mit à jeter des regards éperdus vers la sortie.

— Tu n'aimerais pas que j'aille te chercher quelque chose à boire, chérie ? demanda-t-il sans avoir l'air d'y toucher. Il fait chaud, ici.

Comme il y avait l'air conditionné, il faisait presque trop frais dans la pièce...

— Contente-toi de fermer les yeux, lui suggéra-t-elle. Je n'en dirai rien à personne.

La projection du film avait surtout pour but de former les maris. S'il surgissait en cours de travail un problème conduisant l'accoucheur à recourir à une césarienne pour l'une de ces futures mères, il était préférable que les hommes soient prévenus à l'avance du déroulement de l'opération. S'ils avaient vu le film et s'étaient fait délivrer une attestation par le préparateur, ils seraient autorisés à demeurer dans la salle d'accouchement et à soutenir la patiente. Sinon, on les prierait de sortir de la salle et d'aller attendre dehors, comme les pères peu courageux. Pour sa part, Jack était persuadé qu'il n'accepterait d'être présent que si on le plaçait sous anesthésie générale.

— Je vais revenir, dit-il d'une voix trop forte.

— Où vas-tu ? s'inquiéta Amanda.

— Au lavabo, murmura-t-il.

— Nous attendrons votre retour, monsieur Kingston, intervint le professeur. Il ne faut pas que vous manquiez ce film.

Jack lança un coup d'œil d'avertissement à sa « femme », et revint en moins de cinq minutes.

C'est alors que commença la projection du film qui faillit lui valoir une crise cardiaque. Il avait passé deux ans dans l'armée, au sortir de l'adolescence, mais aucun film pédagogique diffusé alors ne lui avait semblé aussi insoutenable. Même celui sur les maladies vénériennes était supportable en comparaison de ce qu'il voyait, qui ressemblait au découpage à la tronçonneuse d'une pauvre femme. La patiente ainsi traitée pleurait la plupart du temps, paraissait souffrir le martyre et baigner dans le sang. Avant même que la lumière ne soit revenue dans la salle, Jack avait murmuré à Amanda qu'il était pris de nausées.

— Je t'avais prévenu de ne pas regarder, dit-elle avant de lui serrer la main et de se pencher vers lui pour l'embrasser.

La voix indignée de l'instructrice tomba comme un couperet :

— Monsieur et madame Kingston ! Avez-vous bien prêté attention ? Il y aura une courte interrogation sur ce sujet.

— Et puis quoi encore... Pourquoi ne pas nous montrer une opération des hémorroïdes, au point où nous en sommes ?

— Chut...

Amanda se mit à rire, tant Jack lui paraissait incorrigible. Ils ne retournèrent pas suivre la fin des cours de préparation à l'accouchement. Elle n'était plus aussi désireuse d'accoucher de façon dite « naturelle » ou « sans douleur ». Elle l'avait tenté pour Louise et s'était efforcée de dominer la situation durant quelques heures, puis elle y avait renoncé.

Les dernières semaines de sa grossesse se déroulèrent sans encombre. Au début de septembre, lors du week-end de la fête du Travail, elle était enceinte de huit mois et s'ennuyait ferme. Ils allèrent voir un film, déjeunèrent dans un restaurant chinois et firent une promenade sur la plage de Malibu, ce qui lui posait davantage de problèmes qu'auparavant. Elle se sentait bien, mais tous ses gestes étaient ralentis et elle était devenue énorme.

Jack et elle se reposaient sur la terrasse en buvant du thé glacé quand Paul les appela. Il prit des nouvelles d'Amanda et voulut savoir si Jan et lui pouvaient passer chez eux un peu plus tard. Quand il raccrocha, Jack fit remarquer que Paul lui avait paru un peu nerveux.

— Tu crois qu'ils ont des problèmes ? dit Amanda, inquiète.

— Je n'en ai pas eu l'impression. Ils sont peut-être impatients de voir le bébé.

— Moi aussi, dit-elle, soudain nerveuse, alors qu'elle avait conservé son calme durant presque toute sa grossesse. Si cet enfant continue à grossir, je n'entrerai plus dans l'ascenseur de l'hôpital.

— Les garçons sont comme ça, affirma Jack avec le sourire. Paul était un gros bébé, lui aussi. Sa mère n'a pas cessé de m'en vouloir durant les six derniers mois. C'était une femme vraiment charmante…

— Elle t'a donné de beaux enfants, lui rappela Amanda, toujours charitable.

Jack fit la grimace.

— Ne te montre donc pas toujours aussi indulgente. Cette femme-là était une véritable sorcière.

Paul et Jan arrivèrent à la fin de l'après-midi, et Jack leur servit à boire sur la terrasse, où ils regardèrent le soleil baisser sur l'horizon, en compagnie d'Amanda. La journée qui s'achevait était si belle qu'Amanda avait envie d'aller nager.

— Le bébé va bien ? demanda Jan, soucieuse.

Sa mère s'était arrondie à un point alarmant, même si elle avait l'air de ne pas y attacher d'importance.

— Il va tout à fait bien. Il n'attend plus que de t'être présenté, ma chérie, répondit Amanda, souriante.

Jack offrit au jeune couple de la sangria. Il observa que tous deux prenaient leur temps pour goûter le mélange, au lieu de poursuivre la conversation, et il se demanda ce qui se passait.

Pour briser la glace, il les interrogea sans plus attendre :

— Vous avez un problème ?

Les jeunes gens se hâtèrent de faire un signe de dénégation avec un air d'adolescents coupables, puis ils furent pris de fou rire en regardant tour à tour Amanda et Jack.

— Non, répondit Paul, tandis que Jan cachait mal sa nervosité. Il y a pourtant une chose que nous voudrions vous dire... Du moins, nous pensons que vous devez en être les premiers informés.

Jan le coupa dans son élan et s'adressa à sa mère, les yeux embués :

— Maman, j'attends un enfant.

— C'est vrai ? Oh, ma chérie, c'est merveilleux ! Et depuis quand ?

— Depuis six semaines environ. Je voulais en être certaine avant de te l'annoncer, mais le gynécologue vient de le confirmer et il me trouve en bonne forme. J'ai passé une échographie, cette semaine, et tout a l'air d'aller à la perfection. On nous a même donné un cliché.

— Je me souviens de cet épisode-là, intervint Jack, qui se demandait ce qui allait suivre.

Jan et Paul prirent alors une profonde inspiration et scrutèrent le visage de leurs parents.

— Je sais que ceci va bouleverser vos projets, dit la première, mais nous ne savons pas... Nous ne pensons pas... Je ne suis pas sûre que nous devrions...

Jack alla au plus court :

— Vous ne voulez plus de notre bébé.

Amanda, stupéfaite, vit les deux jeunes gens hocher la tête, puis les entendit confirmer :

— Sauf si vous ne voulez pas le garder... Dans ce cas-là, bien sûr... Nous sommes désolés.

Paul s'efforçait de jouer franc jeu, mais il était manifeste que s'ils attendaient leur propre enfant, ils n'auraient plus envie d'adopter celui de la mère de Jan.

— N'en parlons plus, mon garçon, déclara Jack avec calme. Il arrive parfois que tout s'arrange pour le mieux. Pourquoi ne pas rentrer chez vous, à présent ?

Il félicita sa belle-fille en l'embrassant, puis lui confia :

— Je voudrais parler à ta mère.

— Nous comprenons, dit Paul. Je sais que la nouvelle va être un peu difficile à accepter pour toi, papa.

Bien qu'ils fussent jeunes, inexpérimentés et passablement égoïstes, Jack ne pouvait leur reprocher cette décision, et en réalité, il ne la regrettait pas.

— Tout ira bien, Paul.

Le jeune couple partit, et dix minutes plus tard, Amanda était toujours aussi bouleversée. Il lui fallait changer de fond en comble son évaluation de la situation. Elle avait tout fait pour ne pas s'attacher à l'enfant, et voilà soudain qu'il redevenait sien et qu'elle était contrainte de repenser les liens qui l'unissaient à lui.

— Eh bien ! Voilà ce qui s'appelle un revirement rapide. Je suis contente pour eux, malgré tout.

Elle examina Jack dans l'attente d'une réaction négative de sa part et n'en lut pas sur son visage. Il semblait en prendre son parti.

Néanmoins, la nature même de leurs relations faisait qu'il n'avait aucune obligation envers elle.

— J'ai l'impression que nous voilà revenus au point de départ, reprit-elle.

— Peut-être, dit-il, sans s'engager. Pourquoi ne pas nous contenter de réfléchir à la nouvelle pendant un jour ou deux, puis d'en reparler ? proposa-t-il.

Cela parut une bonne idée à Amanda, quoiqu'elle eût pour habitude de résoudre les problèmes au fur et à mesure qu'ils se présentaient. Toutefois, ils se trouvaient là devant un cas exceptionnel, qui risquait de modifier toute leur existence. D'un autre côté, l'accouchement était prévu dans quatre semaines, et aucune décision n'y changerait plus rien. Elle avait acheté toute la layette pour l'offrir à sa fille. Il ne restait donc plus qu'à attendre la venue de l'enfant.

— Allons plutôt faire un tour sur la plage, proposa Jack.

Amanda ne dit rien, mais ils ne purent aller très loin. Au retour, elle se dirigea vers la chambre. Elle avait été si heureuse dans cette pièce... Et leur amour s'était enrichi de mille manières depuis qu'ils vivaient ensemble...

— Veux-tu t'allonger un peu ? proposa Jack, qui la suivait.

— Volontiers, car je me sens épuisée.

Le choc émotionnel qu'elle avait subi en comprenant que le bébé leur était rendu l'avait tout d'abord excitée, puis effrayée. Elle était remplie d'inquiétude vis-à-vis d'elle-même et de la réaction de Jack, et comme privée d'énergie. Cette solution leur avait paru parfaite, et ils l'avaient tous deux acceptée sans regrets.

— Est-ce que tu vas me quitter de nouveau ? chuchota-t-elle, tout en espérant ne pas laisser percer ses craintes dans sa voix.

La grande baie vitrée de la chambre formait un cadre parfait pour le soleil couchant.

— Bien sûr que non, répondit Jack. Je t'aime... et je me suis même attaché à ce pauvre petit bonhomme, que l'on se repasse ici et là d'un coup de pied, comme un ballon de football.

— Si tu veux mon avis, c'est lui qui donne tous les coups de pied.

Jack aimait beaucoup sentir l'enfant bouger et danser, semblait-il, dans le ventre de sa mère. Parfois, quand Amanda dormait tout contre lui, il souriait de percevoir ainsi les réactions du bébé au toucher. Il se rendait bien compte que sa compagne était inquiète et ne devait pas se sentir délaissée. Il comprenait enfin combien son attitude de rejet, à l'origine, avait été stupide.

Allongé près d'Amanda, il l'embrassa avec douceur.

— Quelles sont mes chances de te faire l'amour, à ce stade ?

Ils n'avaient plus eu de relations sexuelles depuis quinze jours, et déjà, les modifications du corps de sa compagne avaient posé problème. Amanda sourit avant de lui répondre :

— Le médecin prétend qu'il ne voit pas d'inconvénient à ce que nous continuions jusqu'au moment où nous serons sur le chemin de l'hôpital, si tu le souhaites.

— Je le souhaite, dit-il avec conviction.

— C'est courageux, murmura-t-elle avec le sourire.

Il l'aida à enlever son maillot de bain et lui caressa le ventre de la main. En réponse, le bébé donna un grand coup de pied, ce qui les fit rire tous les deux.

— Je crois qu'il a entendu ce que je t'ai demandé, et je ne suis pas sûr que cela lui ait plu.

Ils demeurèrent couchés l'un contre l'autre un long moment, tandis que Jack la maintenait contre lui, puis la passion l'emporta. Ils s'aimèrent avec douceur, sur un rythme lent, et en éprouvèrent une satisfaction beaucoup plus grande qu'ils ne s'y étaient attendus. Puis Amanda sombra dans le sommeil.

Jack se leva et enfila un maillot de bain, avec l'intention d'aller marcher sur la plage. Il souhaitait faire le point, sachant qu'ils auraient de nombreuses décisions à prendre. Mais avant de quitter la pièce, il se retourna sur le seuil pour jeter un dernier coup d'œil sur Amanda endormie, et il eut un sourire attendri.

11

Ce fut Jack qui prépara le dîner, ce soir-là, et Amanda le trouva très silencieux. Elle se mit à redouter que les paroles de Jan et de Paul ne l'aient bouleversé. Pourtant, quand elle le lui demanda, il affirma que non. Il semblait calme, en paix avec lui-même, et quand ils retournèrent s'asseoir sur la terrasse pour contempler les étoiles, il lui prit la main et se pencha pour l'embrasser. C'était une merveilleuse soirée.

— Je voudrais te demander quelque chose, finit-il par dire.

Comme elle s'interrogeait sur ce qu'il lui réservait, elle lui fit face en fronçant les sourcils.

— J'ai beaucoup réfléchi tout à l'heure, reprit-il. En fait, j'y songe déjà depuis un certain temps. Il paraissait si facile de donner l'enfant à Jan et à Paul... C'était en tout cas plus simple pour moi de te laisser prendre une telle décision.

— Cela semblait un si beau cadeau à leur faire ! dit-elle, nostalgique, bien qu'elle ne fût pas certaine de ce qu'elle éprouvait à présent.

— Ça l'était. Tu as fait preuve d'une générosité extraordinaire, mais ce n'était pas dans l'ordre des choses, et il est possible que les puissances supérieures qui nous gouvernent, si elles existent, en aient eu connaissance et aient veillé à ce que Jan tombe enceinte.

Il reprit son souffle, avant de poursuivre d'une voix altérée par l'émotion :

— Je voudrais que nous gardions ce bébé. C'est notre fils... J'y tiens sincèrement.

— C'est vrai ? Tu en es sûr ?

Pour la seconde fois de la journée, Amanda allait de surprise en surprise.

— Bien entendu que j'en suis certain ! Et je suis las aussi de cette idiotie de concubinage « moderne ». Je veux que nous nous mariions sans plus attendre. Dès demain. Tout de suite même. Je ne veux pas que notre fils naisse en dehors des liens du mariage.

— Il nous reste quatre semaines, souligna en souriant Amanda, qui hésitait encore à le croire. Tu n'es pas forcé de m'épouser. Je t'aime tout autant que si nous étions mariés.

— Moi aussi, mais pourquoi ne pas sauter le pas ? Cette manière de vivre est stupide. J'habiterais Malibu, toi, Bel Air, et nous dormirions ensemble le week-end ? Je tiens à être là pour les biberons de nuit, les rhumes, le premier pas, la première dent, ton premier cheveu blanc...

Comme elle voyait qu'il plaisantait, elle rit de grand cœur et avoua :

— J'ai le regret de te dire que dans ce dernier cas, tu as environ dix ans de retard.

— Eh bien, je ne veux pas manquer le reste. Je ne sais pas pourquoi je n'ai pas insisté plus tôt. J'ai fait tant d'efforts pour défendre ma liberté, au cours des vingt dernières années, que j'ai oublié de te protéger. Et, ce qui compte davantage, j'ai oublié à quel point une relation telle que la nôtre pouvait être enrichissante. Je ne veux pas vivre avec toi à temps partiel ni connaître simplement les bons moments. Je veux être près de toi constamment, que tu sois malade, heureuse, triste ou que tu éprouves le besoin de te tourner vers moi. Et je tiens à ce que tu sois là pour moi aussi. Même si je montre des signes de sénilité au moment où notre enfant démarrera dans la vie.

Il lui caressa doucement le ventre, et elle approcha sa main de ses lèvres pour lui déposer un baiser sur les doigts.

— Je veux être disponible pour toi, moi aussi, dit-elle doucement. Et j'ai beaucoup apprécié le soutien que tu m'as apporté jusqu'ici.

Puis elle reprit, l'air soucieuse :

— Tu ne crois pas que c'est un peu tôt ?

Cette fois, Jack éclata d'un rire si bruyant qu'il aurait pu ameuter tout le voisinage.

— Amanda, je t'aime. Est-ce que tu t'es regardée dans une glace ? De profil, tu as une silhouette intéressante, tu sais... Non, crois-moi, il n'y a pas une minute à perdre. Marions-nous le week-end prochain. Je vais appeler les enfants, et si l'un d'eux désapprouve notre décision, je le déshériterai sur-le-champ et l'en avertirai. Et c'est valable aussi pour Louise ! Il est grand temps que nos enfants montrent un peu de compréhension à notre égard, au lieu d'attendre que nous les aidions, acceptions tout ce qui vient d'eux et les laissions nous dire ce qui leur passe par la tête. Cette fois, j'attends des sourires et des félicitations de leur part. Ils nous les doivent bien.

Amanda vit à l'éclat de ses yeux qu'il ne plaisantait pas et ne l'en aima que davantage.

Le lendemain, Jack fit donc exactement ce qu'il avait

dit. Il appela leurs enfants et leur annonça qu'Amanda et lui se mariaient. La cérémonie aurait lieu le samedi suivant. Il avait demandé à un juge de paix, ami de longue date, de les unir. Le mariage se déroulerait à la boutique et serait suivi d'une réception de deux cents personnes. Jack et Gladdie se chargèrent de toute l'organisation. Amanda n'aurait pas voulu l'admettre, mais elle était maintenant trop fatiguée pour jouer un rôle actif. Il lui semblait qu'elle était enceinte depuis quatorze mois... et elle en donnait l'impression.

Jack lui trouva une tenue qui lui allait à la perfection. C'était une superbe robe grège de chez Gazar, qui tombait en corolle autour de ses formes imposantes. Elle glisserait des fleurs dans ses cheveux, et porterait un bouquet de tubéreuses, d'orchidées et de freesias blancs. Ses deux filles avaient accepté de venir, et Jack leur avait proposé de faire un saut à la boutique pour y choisir une robe. Jan avait accepté, mais bien entendu, Louise s'y était refusée. Elle s'était toutefois engagée envers Jack à faire bonne figure le jour dit.

Pourtant, elle ne décolérait pas à la pensée que c'était lui et non sa mère qui l'avait appelée. Un rien la mettait hors d'elle.

Le jour du mariage, Jack et Amanda firent une courte promenade sur la plage de Malibu, puis Amanda regagna sa maison, où ses filles devaient la retrouver pour l'aider à s'habiller. Elle était d'une grande nervosité, comme toute mariée qui se respecte, et ses mains tremblaient quand elle enfila sa robe. Son coiffeur s'était déplacé pour lui faire le chignon lisse qui lui allait à merveille, et bien qu'enceinte de huit mois et demi, elle était d'une beauté rayonnante.

Jan descendit chercher les fleurs. Louise, qui se

tenait derrière sa mère, s'adressa à son reflet dans le miroir, en profita pour déclarer :

— Tu es très bien, maman.

— Merci, répondit Amanda avec reconnaissance.

Elle se retourna lentement vers sa fille, et tout en sachant que cela ne changerait rien, lui demanda :

— Tu n'es plus fâchée contre moi ?

— Je ne suis pas fâchée, mais je continue à regretter papa, même s'il me semblait difficile à vivre, parfois.

Ses yeux s'emplirent de larmes. Elle avait enfin pardonné à ses parents.

— Je ne l'oublie pas non plus, Lou. Mais j'aime beaucoup Jack, maintenant.

Amanda serra un instant sa fille aînée dans ses bras, puis recula d'un pas pour mieux la regarder. En dépit de son caractère ombrageux, c'était au fond une femme de cœur.

— C'est un honnête homme, concéda Louise, avant de se rembrunir. Et l'aurais-tu fait pour moi, maman ? Je veux dire, me donner le bébé, si je n'avais pu avoir d'enfants ?

Cette question la tourmentait depuis qu'elle avait appris l'offre de sa mère à Jan.

— Bien entendu, répondit Amanda. Je l'aurais fait pour l'une comme pour l'autre.

— J'ai toujours pensé que tu préférais Jan. Elle tient une place si particulière dans ta vie !

La voix de Louise s'étrangla dans un sanglot, tandis que sa mère était bouleversée d'entendre un tel aveu.

— Toi aussi, Louise, tu tiens une place particulière dans ma vie. Je vous aime autant l'une que l'autre. Bien sûr que je te l'aurais donné en pareil cas. Comment as-tu pu en douter ?

— C'était stupide de ma part, j'imagine. Jerry m'avait bien dit que tu l'aurais fait, quand je lui en ai parlé.

— Cela prouve qu'il a plus de bon sens que toi.

C'est alors que Louise causa une surprise plus grande encore à sa mère.

— Je suis contente que tu gardes cet enfant. Ce sera une bonne chose pour toi. Cela va t'obliger à rester jeune… ou te faire tourner en bourrique.

— Les deux, sans doute.

Amanda se mit à rire à travers ses larmes, puis étreignit Louise et échangea avec elle un regard de connivence, au moment où Jan revenait dans la pièce. Elles n'avaient encore jamais partagé une telle complicité. Amanda s'adressa à ses deux filles et leur demanda si elles accepteraient de lui tenir compagnie lors de la naissance du bébé.

— Je crois que Jack ne le supportera pas. Il a failli se trouver mal lors de la préparation à l'accouchement.

Louise se mit à rire, mais parut flattée.

— Jerry n'en menait pas large non plus. Et pourtant, le moment venu, il s'est bien comporté. Jack sera peut-être à la hauteur, lui aussi.

— Je ne crois pas que les hommes de son âge se passionnent pour les accouchements.

— Eh bien nous, nous y assisterons, promit Jan en prenant sa sœur par le bras.

Toutes deux sourirent à leur mère.

— Ce n'est prévu que pour dans deux ou trois semaines. Assurez-vous simplement que l'on pourra vous joindre, ce jour-là.

— Ne t'inquiète pas, maman, promirent-elles en chœur.

Sur ces entrefaites, la limousine vint les chercher et

le photographe se présenta. Elles faillirent en oublier le bouquet de la mariée.

Amanda était si énervée qu'elle avait du mal à respirer. Et quand ses filles l'aidèrent à monter en voiture, toutes trois rirent de voir combien il était difficile de l'y faire entrer... C'est à peine si elle pouvait encore bouger, à présent.

A leur arrivée à la boutique, toutes trois furent éblouies. Le décor leur parut extraordinaire, car le plafond était tapissé d'orchidées, de roses et de lis. Jamais Amanda n'avait vu plus bel arrangement floral, et quand elle eut rejoint Jack et le juge de paix, suivie de ses filles, elle fut soudain submergée par l'émotion. Ce mariage comptait au moins autant pour elle, sinon plus, que le précédent. Elle avait acquis de la maturité, et comprenait la grande chance qu'elle avait eue de trouver Jack, la chance qu'à cette période de leur existence, ils soient parvenus à s'entendre aussi bien.

Le juge de paix les déclara mari et femme, et cette fois, ainsi que Jack le leur avait demandé, leurs enfants les entourèrent avec des sourires et des félicitations, mais leur joie semblait sincère. Toute la famille posa pour le photographe et but du champagne, à l'exception d'Amanda, qui se contenta de Canada Dry. Quand vingt minutes plus tard les invités arrivèrent pour le lunch, l'atmosphère devint très vite celle d'un grand mariage.

La fête battait encore son plein à minuit, lorsque Jack prit conscience de la lassitude d'Amanda et n'osa lui demander de rester plus longtemps. Elle jeta son bouquet depuis l'escalier, et c'est Gladdie qui l'attrapa, tandis que George Christy relevait les noms des personnalités qui s'étaient déplacées. Il était le seul représentant de la presse que Jack eût invité. Au moment où Amanda et lui se dirigeaient vers la voiture, le personnel de la boutique fit tomber sur eux une pluie de pétales de roses. Ils n'allaient pas loin, puisqu'ils avaient réservé pour deux jours une suite à l'hôtel Bel Air, à deux pâtés de maisons de chez Amanda. La mariée avait hâte d'y être et de se déshabiller. Ce jour avait été le plus beau de sa vie, mais elle était morte de fatigue, et cela se voyait. Jack lui passa un bras autour des épaules pour la réconforter, avant de démarrer. La Ferrari rouge, tout enrubannée de satin blanc, était ornée de ballons, et quelqu'un avait écrit à l'arrière «Just Married» avec une bombe de crème à raser. Enchanté que la fête se soit aussi bien déroulée, Jack déclara avec un large sourire :

— Je retrouve mon âme d'adolescent.

— Eh bien moi, dit Amanda en riant, j'ai l'impression d'être une grand-mère, une très grosse grand-mère. Gladdie et toi avez fait des merveilles. Tout a été parfait. J'ai hâte de voir les photos.

Jack avait demandé que l'on mette du champagne au frais dans la chambre, du Canada Dry pour Amanda et une pile de films vidéo. A peine le chasseur fut-il reparti que le marié aida sa femme à se déshabiller. Elle s'assit aussitôt sur le lit, encore vêtue de son soutien-gorge et de son slip, mais incapable de faire un mouvement de plus. Elle avait mal au dos depuis des heures, mais ne voulait pas gâcher la joie de Jack en lui en parlant. Elle s'allongea avec un soupir de soulagement, posa la tête sur une pile d'oreillers moelleux et soupira en souriant :

— Ah, Seigneur! Me voilà morte et transportée au paradis.

Jack, tout heureux, la contemplait : il était parvenu à ses fins, et le passé était oublié, maintenant.

— Aimerais-tu que je t'apporte quelque chose ? lui demanda-t-il en enlevant sa cravate.

— Un chariot élévateur. Je ne vais jamais pouvoir me redresser pour me rendre à la salle de bains.

— Je te porterai, proposa-t-il, galant.

— Tu t'effondrerais.

Jack se débarrassa de son costume sur une chaise, puis vint s'asseoir près d'elle pour boire du champagne et goûter aux fraises et aux truffes au chocolat que l'hôtel leur offrait.

— Goûte donc une de ces truffes, lui dit-il en lui en glissant une dans la bouche.

Elle soupira d'aise une fois de plus, et Jack se mit à chercher dans la pile de vidéos.

— Que dirais-tu d'un film érotique ?

— Je ne crois pas en avoir la force, dit-elle avec un léger rire.

— Le soir de nos noces ?

Il avait l'air déçu.

— Nous n'avons plus besoin de cela. Nous sommes mariés, maintenant.

Il eut un sourire ravi, et glissa tout de même une cassette dans le magnétoscope ; l'intrigue du film était si lamentable qu'Amanda ne put qu'en rire avec lui. Toutefois, quand Jack voulut se montrer plus amoureux, elle lui dit, l'air peinée :

— Mon chéri, j'aimerais bien te faire plaisir, mais je ne crois pas que je sois encore capable d'enlever le reste de mes vêtements.

— Je vais t'aider, si tu veux, dit-il, plein d'espoir.

Amanda vit qu'il avait un peu trop bu et ne prit pas sa proposition au sérieux. Elle se leva à grand-peine, et se rendit à la salle de bains pour la énième fois de la soirée, tout en notant que ses douleurs dans le dos s'étaient aggravées au lieu de diminuer, depuis qu'elle était allongée.

— Je crois que je vais prendre une douche, annonça-t-elle.

— A cette heure-ci ?

Il était une heure du matin, mais il lui semblait qu'elle irait mieux après. Elle ne s'était jamais sentie si harassée. Elle regrettait de n'être pas en forme pour sa nuit de noces, mais la journée et surtout la soirée avaient été longues ; elle était restée debout durant des heures, et ses chevilles étaient très enflées.

Elle éprouva une impression de soulagement, après la douche, et quand elle regagna la chambre, elle vit que si les acteurs étaient toujours très occupés sur l'écran de télévision, Jack, lui, ronflait doucement. Elle s'assit au bord du lit et le regarda dormir quelques instants, tandis qu'elle songeait aux surprises que réserve l'existence et à la manière dont elle rapproche les êtres humains, aux différentes étapes de la vie. La vie, sans Jack, lui paraissait désormais inimaginable.

Ce dernier ne bougea que très légèrement quand elle s'allongea, et une minute après, elle éteignit la lumière et la télévision. Toutefois, elle n'était pas plus tôt couchée que le bébé se mit à donner des coups de pied. A ce rythme-là, la nuit menaçait d'être longue, se dit-elle. Elle resta ainsi durant une période qui lui parut interminable, mais ne put trouver le sommeil. Elle souffrait toujours du dos et percevait en outre une étrange forme de pression, comme si le bébé était en train d'engager sa tête vers le bas. Soudain, un mouvement de crispation involontaire dans le bas-ventre réveilla en elle des souvenirs : le travail préparatoire à l'accouchement commençait, et les mouvements involontaires étaient des contractions utérines.

Elles demeurèrent tout d'abord intermittentes et légères, et Amanda remarqua qu'il s'écoulait bien dix minutes avant que la suivante ne se manifeste. Puis, tout en conservant un rythme lent, elles devinrent plus régulières, et à trois heures du matin, l'intervalle qui les séparait ne fut plus que de cinq minutes. Toujours allongée dans le noir, près de son mari, Amanda se demandait si elle devait le réveiller. Ce serait stupide si le travail ne faisait que commencer. Toutefois, quand elle se rendit à la salle de bains, Jack l'entendit et marmonna, encore tout endormi :

— Tu vas bien ?

Elle revint se coucher et se rapprocha de lui.

— Je crois que le bébé arrive, murmura-t-elle.

Il se redressa d'un coup de reins :

— Maintenant ? Ici ? Je vais appeler ton médecin.

Il alluma aussitôt la lumière et tous deux, éblouis, clignèrent des yeux.

— Je pense qu'il est encore trop tôt.

A peine avait-elle fini de parler qu'une contraction, douloureuse cette fois, lui fit serrer les dents et se tordre sur le lit.

— Tu n'es pas folle ? Tu veux mettre ton bébé au monde dans un pareil endroit ?

Il sauta au bas du lit, puis enfila son pantalon. Elle voulait rire de sa précipitation, quand elle sentit venir une nouvelle contraction.

Subitement, elles se succédaient à deux minutes d'intervalle.

— Je n'ai même pas eu le temps de défaire ma valise, dit-elle entre deux contractions. J'aimerais bien passer au moins une nuit ici.

— Je t'y ramènerai après la naissance du bébé, je te le jure. Quand tu voudras. Allez, sors de ce lit pour que nous arrivions à l'hôpital avant que tu n'accouches.

— Mais tu ne comprends donc pas que je n'ai rien à me mettre !

— Et pourquoi pas ce que tu portais ?

— Je ne peux pas mettre une robe de mariée pour aller à l'hôpital. J'aurais l'air stupide.

— Je ne dirai à personne que c'en est une. Habille-toi, Amanda, pour l'amour du ciel... Qu'attends-tu donc ?

— J'ai une contraction, siffla-t-elle, les dents serrées.

Aussitôt, Jack pressa une main sur son propre estomac.

— Je crois que ce champagne était empoisonné, dit-il.

Quand l'intensité de la contraction diminua, Amanda put ironiser :

— Tu es peut-être en travail, toi aussi... Appelle Jan et Louise.

Elle se leva avec de grandes difficultés ; elle avait même du mal à se tenir debout, à présent.

— Je vais appeler une ambulance.

— Je ne veux pas d'ambulance. C'est toi qui vas m'y conduire.

Elle était encore partagée entre le rire et les grimaces, quand la contraction suivante survint.

— J'en suis incapable, car j'ai trop bu. Tu ne t'en rends pas compte ?

— Non, tu m'as l'air bien. Ecoute, c'est moi qui conduirai. Contente-toi d'appeler Jan et Louise.

— Je ne connais pas leur numéro par cœur, et si tu n'enfiles pas cette maudite robe de mariée tout de suite, j'appelle la police et je te fais arrêter.

— C'est ça qui serait gentil, dit-elle d'une voix étouffée par la robe qui lui couvrait momentanément la tête.

Quand elle voulut enfiler ses chaussures, ses pieds, trop gonflés, n'y entraient plus.

— J'irai pieds nus, décida-t-elle, pratique.

— Bon sang, Amanda... je t'en supplie.

Jack jeta la valise de sa femme sur le lit, y fouilla en tous sens et par miracle, y découvrit une paire de mules.

— Mets celles-là, ordonna-t-il.

— Quelle arrogance vous avez, vous autres, marchands de prêt-à-porter ! Pourquoi ne pourrais-je pas marcher pieds nus ?

— Tu aurais l'air ridicule.

Ils étaient parvenus à la porte de la chambre, et quatre heures du matin venaient de sonner, lorsqu'une contraction plus forte obligea Amanda à s'appuyer au chambranle. Il suffit à Jack de la voir changer de couleur pour se mettre à gémir. Elle lui passa alors un bras autour de la taille pour s'appuyer sur lui, et ils sortirent à petits pas de l'hôtel, devant lequel il avait garé sa voiture. Leur progression lui paraissait d'une lenteur extrême, et de fait, il leur fallut plus de dix minutes pour arriver là. Amanda commençait à se demander si l'enfant ne ferait pas son apparition avant qu'ils n'atteignent la Ferrari.

Elle se glissa à la place du conducteur et tendit la main, en priant que Jack ait pensé à prendre les clés. Elle ne voulait plus perdre une minute. Fort heureusement, il les avait dans sa poche. Il les lui remit donc et prit la place du passager. Comme ils sortaient en trombe du parking et roulaient à travers le quartier de

Bel Air, Amanda lui donna le numéro de téléphone de Jan, afin qu'il l'appelle.

— Demande-lui de prévenir Louise. Dis-leur simplement de venir me retrouver en salle de travail, à la maternité. Elles y seront en cinq minutes.

— Moi, on va sans doute m'envoyer en gérontologie.

— Détends-toi et tout ira bien, affirma-t-elle.

C'était une curieuse façon de passer une lune de miel. Dans quelques instants, ils allaient avoir un bébé. La menace se précisa à tel point qu'Amanda dut se garer le long d'un trottoir, afin de laisser passer une violente contraction.

— Ah, mon Dieu ! s'écria Jack. Qu'est-ce qui te prend ?

— J'essaye de ne pas envoyer ta Ferrari dans le décor pendant que j'ai une contraction, dit-elle d'une voix si changée qu'elle lui rappelait davantage la jeune actrice de *L'Exorciste* que la femme qu'il venait d'épouser.

Pris de terreur, il se tourna vers elle et s'exclama :

— Nom d'un chien ! Je parie que tu es entrée en transition !

— Ne me dis pas à quel stade j'en suis. Contentetoi d'appeler ma fille, et tais-toi.

— C'est... C'est... ce que cette sorcière de l'hôpital nous avait annoncé. Elle avait dit que tu changerais tellement de comportement que je croirais être en présence d'une étrangère. C'est à cela que l'on reconnaît la période de transition !

Amanda ne savait plus si elle devait rire ou l'étrangler. Enfin, il parvint à joindre Jan et lui annonça que sa mère était en transition.

Arrachée à un profond sommeil, Jan ne comprenait

pas de quoi il parlait. Il lui semblait que Jack avait trop bu.

— C'est une plaisanterie ? demanda-t-elle.

— Pas le moins du monde, se mit-il à crier d'une voix hystérique. Elle va accoucher, nous sommes en route pour l'hôpital et elle est entrée en transition. Elle est méconnaissable.

— Vous êtes sûr qu'il s'agit de maman ? dit Jan en riant.

Il paraissait prendre les choses encore plus mal que sa mère ne l'avait prédit.

— Eh bien, elle porte la robe de mariée de ta mère, en tous les cas. Et elle demande que tu appelles Louise. Dépêche-toi !

— Nous y serons dans dix minutes ! affirma-t-elle avant de raccrocher.

Au même moment, Amanda faisait crisser les freins pour s'arrêter devant l'entrée de l'hôpital, ouvrait la portière de la Ferrari et jetait à son mari un coup d'œil exaspéré.

— C'est toi qui la gares, car moi, j'ai mieux à faire. Et ne raye pas la carrosserie, sinon mon mari te tuera.

— Très drôle, ma belle. Très drôle, Madame-je-ne-sais-qui. Et pourtant, elle ressemble à ma femme, ajouta-t-il à l'adresse du gardien de parking.

Ce dernier se contenta de hocher la tête et de lui indiquer du geste une place où se ranger. Il pensait être en présence de drogués, car il n'en manquait pas, à Los Angeles.

Une fois Amanda entrée aux urgences, on l'installa sur un fauteuil roulant. Elle donna le nom du médecin qui la suivait, et ainsi qu'on le lui avait appris, elle se mit à pratiquer les exercices de respiration, haletant et soufflant tour à tour, pour parvenir à la meilleure relaxation musculaire possible. Les contractions augmentaient et il lui fallait maintenant lutter contre l'anxiété et contre la douleur.

— Que fais-tu là ? lui demanda Jack en la rejoignant.

Il se souvint alors des exercices préparatoires et constata :

— J'ai oublié mon chronomètre.

Une infirmière s'approcha d'eux et fit entrer Amanda dans l'ascenseur, tandis que celle-ci se cramponnait aux bras du fauteuil. Sa nervosité gagna Jack.

— Ma chérie, tu vas bien ? Je veux dire…

— Qu'en penses-tu ?

Sa voix, à peine audible durant les contractions, redevenait presque normale à présent. Après tout, peut-être n'était-elle pas encore entrée en période de transition…

— Tu donnes l'impression d'être mal à l'aise, et même pire que cela, observa-t-il.

— C'est en effet pire que cela. On dirait qu'on vous déchire les entrailles.

— Et qu'en est-il de l'épisode de la lèvre supérieure retournée ?

— Cela viendra plus tard.

— J'ai hâte d'y arriver.

On la fit entrer dans une salle du troisième étage, où elle enfila une blouse d'hôpital délavée. On remit à Jack une tunique et un pantalon verts, ainsi qu'une coiffe assortie.

— Pour quoi faire ? demanda-t-il, pris de panique.

— Il faut mettre des vêtements stériles, si vous voulez assister à la naissance de votre enfant, répondit l'infirmière non sans une certaine brusquerie, avant d'appeler l'interne pour qu'il vienne examiner Amanda.

Le jeune interne fit son entrée dans la salle de travail deux minutes plus tard, alors que Jack se changeait. Il annonça que la distension du col avait atteint huit centimètres et qu'elle serait bientôt complète. Quand il acheva son examen, elle était en effet de neuf centimètres sur un maximum de dix.

— Faites-moi une péridurale, supplia Amanda en s'accrochant aux barreaux latéraux du lit pendant la contraction suivante… ou bien donnez-moi de la morphine… un anesthésique quelconque… n'importe quoi, mais quelque chose.

— Il est trop tard, madame Kingston, lui dit l'infirmière pour la calmer. Il aurait fallu que vous arriviez ici avant que le diamètre du col ne dépasse les sept centimètres.

— J'étais occupée. J'étais en route pour l'hôpital au volant de la fichue Ferrari de mon mari.

Amanda pleurait, maintenant. Toute cette histoire était trop injuste. Sous le coup de l'indignation, elle s'en prit à l'infirmière et à l'interne :

— Vous voulez dire que si j'étais arrivée ici une demi-heure plus tôt, vous m'auriez fait une péridurale ?

Puis, comme Jack sortait de la salle d'eau déguisé en aide-soignant, elle lui jeta, sans attendre :

— Alors, c'est ta faute tout ça !

— De quoi m'accuses-tu ? Oh, de ça, dit-il en regardant son ventre distendu. Je crois bien que c'est ma faute, en effet.

Puis il interpella l'interne d'un ton autoritaire :

— Soit dit en passant, ma femme ne s'appelle pas Mme Kingston.

— Ce n'est pas son nom ? s'étonna l'interne en s'emparant de la feuille de soins d'Amanda, sur laquelle il figurait. Il est précisé ici qu'il s'agit de Mme Kingston.

— Elle s'appelle maintenant Mme Watson, corrigea Jack, encore sous l'effet des abondantes libations de la noce.

Amanda se rendait compte qu'il faudrait attendre des heures, voire des jours, avant qu'il soit tout à fait remis.

— Ne vous préoccupez pas de savoir qui je suis, intervint-elle. Allez plutôt chercher mon médecin. Où est-il ?

— Me voici, Amanda, lui répondit d'une voix calme l'accoucheur, depuis la porte.

— Très bien. Je voudrais un analgésique et on refuse de m'en donner.

L'obstétricien prit l'interne à part, puis il approuva la demande d'un signe de tête.

— Que diriez-vous d'un petit peu de morphine ?

— Ce serait merveilleux.

On la relia à un moniteur, puis on lui fit une piqûre intraveineuse dans les cinq minutes qui suivirent.

Jack n'eut pas besoin d'en voir davantage pour éprouver de violentes nausées. Il s'affala sur une chaise dans un angle et ferma les yeux ; toute la pièce s'était mise à tourner autour de lui.

— Nous devrions offrir une tasse de café bien noir à M. Watson, qu'en dites-vous ? demanda l'obstétricien à l'infirmière, qui arqua un sourcil.

— Par intraveineuse ?

— Excellente idée

Les médecins éclatèrent de rire et Jack ouvrit un œil pour les observer. Amanda avait une nouvelle contraction, mais cette fois, la morphine atténuait un peu la douleur.

— Pourquoi les voix résonnent-elles tellement, ici ? s'étonna Jack, au moment où Jan et Louise entraient dans la pièce et se dirigeaient vers leur mère.

— Tu ne devrais pas rester là, dit Amanda à Jan, d'une voix lointaine, car la morphine la plongeait dans un état de somnolence.

— Et pourquoi pas, maman ?

La jeune femme tapota la joue de sa mère avec douceur, puis lui caressa les cheveux, tandis que Louise allait lui chercher des glaçons. Elle se souvenait que rien ne lui avait été plus agréable, quand elle mettait des enfants au monde, que de se rafraîchir avec des glaçons.

— Parce que si tu restes là, poursuivait Amanda, tu ne voudras plus jamais avoir d'enfants. C'est une épreuve, tu sais.

Elle ferma les yeux un instant et reprit :

— Il faut bien reconnaître que cela vaut le coup. Je t'aime, ma chérie, murmura-t-elle, avant de perdre à nouveau conscience.

Pourtant, quand Louise revint avec des glaçons, elle accepta avec reconnaissance d'en sucer un, et elle ajouta :

— Je t'aime aussi, Louise.

Jack demeurait dans son coin et buvait son café.

A cinq heures, quand l'obstétricien revint examiner Amanda, il décida de la faire transporter en salle d'accouchement, mais comme l'effet de la morphine s'estompait, Amanda se plaignit :

— Je me sens mal... Pourquoi est-ce que je me sens si mal ?

— Parce que tu es en train de mettre ton bébé au monde, lui dit Louise, tandis que Jack, l'air plus sobre, venait prendre place à son côté.

— Comment vas-tu, ma chérie ? demanda-t-il, plein de sollicitude.

— Affreusement mal.

— Je veux bien te croire.

Il s'adressa alors à l'infirmière d'un ton irrité :

— Vous ne pouvez pas la soulager ? Pourquoi ne pas l'endormir carrément, bon sang !

— Parce qu'elle est en train de donner naissance à un enfant, et maintenant, il va falloir qu'elle pousse.

— Je ne veux pas pousser. Je déteste pousser. Et j'ai tout ça en horreur.

La morphine l'avait un peu abrutie et lui avait fait perdre le sens de la réalité, mais n'avait pas totalement supprimé la douleur.

— Ce sera bientôt fini, assura Jack, tandis qu'il suivait le lit de travail jusqu'à la salle d'accouchement.

Il se demandait comment il avait pu accepter de se laisser entraîner dans cette affaire. Il ne tenait pas à assister à la naissance, mais d'un autre côté, il ne voulait pas non plus abandonner Amanda. De plus, ses belles-filles le suivaient pas à pas. L'équipement de la nouvelle salle était tel qu'il en eut le vertige. On leur offrit à tous les trois un tabouret près de la tête d'Amanda, dont on releva le buste jusqu'à ce qu'elle soit presque en position assise, avant de lui passer les pieds dans les étriers. Dans un angle, un petit berceau en plastique attendait sous une lampe, qui le maintenait à bonne température, qu'on y dépose le bébé. Sa présence dans la pièce rendait soudain l'existence de l'enfant beaucoup plus réelle aux yeux de Jack. Ils étaient là pour assister à un événement dont l'issue serait positive, et non pas seulement pour regarder Amanda souffrir.

Au bout d'un moment, ils commencèrent tout de

même à s'interroger. Amanda poussait depuis plus de deux heures et la situation n'évoluait pas. Le bébé était très gros. L'équipe médicale se consulta à voix basse, puis l'obstétricien jeta un coup d'œil sur l'horloge et hocha la tête.

— On va lui donner encore dix minutes, puis on avisera.

Jack, bien réveillé maintenant, réagit en les écoutant :

— Que voulez-vous dire ?

— Le bébé ne bouge pas beaucoup, Jack, répondit le spécialiste, et Amanda se fatigue. Il va peut-être falloir que nous lui donnions un petit coup de main.

— Comment cela ?

Soudain, pris de panique, il comprit avant même qu'ils aient prononcé le mot, car il se remémorait le film sur la césarienne qu'on leur avait présenté lors de la préparation. Celui où une malheureuse paraissait découpée à la tronçonneuse. Il jeta aux médecins un coup d'œil terrifié :

— Le faut-il vraiment ?

— Nous allons en juger bientôt. Peut-être pas, si elle nous aide.

Amanda était dans un triste état, à présent. Elle pleurait et s'accrochait aux mains de Jack. Ses deux filles s'en inquiétaient. Jack était cependant encore plus décomposé qu'elle. Cinq minutes plus tard, on ne constatait toujours aucune évolution. Tous attendaient la prochaine contraction quand un signal d'alarme retentit et sembla envahir la pièce. L'équipe médicale se précipita vers la patiente.

— Qu'est-ce que c'est ? Que se passe-t-il ? demanda Jack, angoissé.

— C'est le monitorage fœtal, Jack, expliqua l'obstétricien. Le bébé est en difficulté.

Déjà, il était trop occupé pour s'étendre davantage. Les instructions se multipliaient et l'anesthésiste s'adressait à Amanda, qui se mit à pleurer.

— Quelles difficultés ? demanda Jack, désireux de comprendre ce qui se passait, bien que personne n'eût le temps de le lui expliquer.

— Sortez tous de la pièce, maintenant, ordonna l'obstétricien d'une voix forte.

Il se tourna alors vers l'anesthésiste et lui demanda :

— Avons-nous le temps de faire une épidurale ?

— Je vais la tenter.

L'agitation reprit, les ordres fusèrent de plus belle et la pièce fut à nouveau pleine de bruit. Immobilisée, tel un animal blessé, Amanda s'accrochait à la main de son mari. Les jeunes femmes avaient quitté la pièce, mais Jack comprenait qu'il ne devait pas abandonner sa femme.

— J'ai suivi la préparation, disait-il à qui voulait l'entendre. J'ai assisté au cours de la méthode Lamaze et j'ai vu le film sur la césarienne.

Nul ne lui prêtait plus attention, pourtant. Les médecins interrogeaient les divers cadrans et s'efforçaient en vain de délivrer le fils d'Amanda.

Après une anesthésie locale, le produit prescrit fut introduit dans l'espace péridural, et commença à se diffuser lentement pour diminuer les douleurs de l'intervention. L'obstétricien dit à Jack d'un ton ferme :

— Asseyez-vous et parlez à votre femme.

Ils posèrent un écran entre la tête d'Amanda et le champ opératoire, afin que Jack ne voie plus que le visage de sa femme et ne suive pas l'intervention chirurgicale. L'anesthésiste semblait entreprendre mille choses à la fois, et les plateaux d'instruments changeaient sans cesse de place. Jack fixait les yeux d'Amanda, et il était frappé par la terreur qu'il y lisait.

— Tout ira bien, ma chérie, je suis là. Tout va bien se terminer. On va sortir le bébé de là dans une minute.

Il espérait ne pas être en train de lui mentir.

— Il va bien ? Le bébé va bien, Jack ?

Amanda pleurait et parlait tout à la fois, mais elle ne souffrait plus, pour le moment, et ne sentait plus que des pressions et des tractions. Jack ne la quittait pas du regard et lui répétait combien il l'aimait.

— Le bébé est tout à fait bien portant, affirma-t-il, en souhaitant avoir raison et en priant pour que rien n'arrivât à l'enfant.

Il ne voulait pas qu'Amanda connaisse une déception. Elle en avait déjà assez supporté au cours de cet accouchement difficile. Il fallait que le bébé s'en tire, même si l'intervention semblait s'éterniser. Durant cette attente, des gouttes de sueur lui perlaient au front, et ses larmes se mêlaient à celles de sa femme. Un tic-tac ininterrompu de machines résonnait dans la pièce, puis le silence parut s'établir, et les pleurs d'Amanda redoublèrent. On aurait dit qu'elle appréhendait qu'une chose terrible se produise. Jack ne pouvait que l'embrasser et lui répéter combien il l'aimait. Quelle compensation pourrait-il lui offrir si le bébé mourait ? Il comprenait qu'il n'en trouverait aucune. Et alors qu'il la contemplait, appelant de tous ses vœux la survie de leur fils, un vagissement léger retentit soudain dans la pièce, et de surprise, Amanda en ouvrit tout grands les yeux.

— Est-ce qu'il est bien formé ?

Elle était épuisée, à présent, et n'avait plus que ce souci.

L'obstétricien fut prompt à la rassurer :

— C'est un beau bébé, dit-il, avant de couper le cordon ombilical.

L'enfant fut mis sur la balance, et c'est ainsi que Jack découvrit pour la première fois son fils de quatre kilos quatre cents. Le bébé avait beaucoup lutté pour voir le jour. Il avait de grands yeux étonnés, comme s'il était surpris d'être arrivé plus tôt que prévu. Et c'était bien le cas, puisqu'il avait près de trois semaines d'avance.

On lui fit sa toilette et on l'enveloppa dans un lange, avant de le coucher près de sa mère. Comme les poignets d'Amanda étaient encore maintenus de part et d'autre du lit, elle ne pouvait serrer son enfant contre son cœur. Ce fut donc Jack qui l'approcha d'elle, et ses yeux s'embuèrent quand il vit sa femme jeter un premier regard sur leur fils et presser sa joue contre la sienne. Rien ne l'avait jamais touché comme la vue de cette femme pour laquelle il éprouvait une si profonde passion, à l'automne de sa vie, et de l'enfant que ni l'un ni l'autre n'avaient imaginé avoir un jour. Ce bébé était comme un rêve qui prenait forme, une grande espérance, un don du ciel, une renaissance. Soudain, Jack se sentit rajeunir. Ils recevaient là un cadeau magique qui leur ouvrait l'avenir comme on ouvrirait une fenêtre à deux battants pour laisser entrer le soleil.

Amanda leva les yeux vers lui et murmura :

— Il est si beau… Il te ressemble.

Jack baissa la tête et l'embrassa.

— J'espère que non, dit-il. Je te remercie d'avoir refusé de renoncer à lui… d'avoir tenu à le laisser vivre, quand moi, j'y étais opposé.

— Je t'aime, murmura-t-elle d'une voix lointaine.

Il était huit heures du matin, et leur fils était âgé de dix minutes.

— Je t'aime infiniment, moi aussi, dit-il en la regardant sombrer dans le sommeil.

On transporta le bébé à la pouponnière, pendant que les médecins finissaient de s'occuper de sa mère. On fit alors passer cette dernière sur un lit, et on la plaça quelques heures dans la salle de réveil. Jack resta auprès d'elle, à la regarder. Quand on l'emmena enfin dans une chambre, elle était toujours endormie, et il ne l'avait pas quittée.

Ses belles-filles ainsi que Paul, qui s'étaient tenus informés, vinrent l'y rejoindre. Ce fut Louise, toute souriante, qui prit la première la parole. Elle lança à Jack un chaleureux :

— Félicitations !

Et pour la première fois, elle laissait parler son cœur.

Impression réalisée sur Presse Offset par

CPI
Brodard & Taupin

44404 – La Flèche (Sarthe), le 20-11-2007
Dépôt légal : novembre 1999
Suite du premier tirage : novembre 2007

POCKET – 12, avenue d'Italie - 75627 Paris cedex 13

Imprimé en France